중독의 농도

청소년 테마 소설

중독의 농도

1판 1쇄 2015년 12월 11일 | 1판 7쇄 2024년 6월 26일
글쓴이 김민령 김봉래 김학찬 송미경 오문세 장은선 전삼혜
책임편집 엄희정 | 편집 남지은 원선화 이복희 | 디자인 이지선
마케팅 정민호 서지화 한민아 이민경 안남영 왕지경 정경주 김수인 김혜원 김하연 김예진
브랜딩 함유지 함근아 고보미 박민재 김희숙 박다솔 조다현 정승민 배진성
저작권 박지영 형소진 최은진 서연주 오서영 | 제작 강신은 김동욱 이순호 | 제작처 영신사
펴낸곳 (주)문학동네 | 펴낸이 김소영 | 출판등록 1993년 10월 22일 제2003-000045호
주소 10881 경기도 파주시 회동길 210 | 전자우편 kids@munhak.com
홈페이지 www.munhak.com | 카페 cafe.naver.com/mhdn
북클럽 bookclubmunhak.com | 인스타그램 @kidsmunhak | 트위터 @kidsmunhak
대표전화 (031)955-8888 팩스 (031)955-8855
문의전화 (031)955-3576(마케팅) (02)3144-3236(편집)

ISBN 978-89-546-3872-2 03810

청소년
테마
소설

중독의 농도

김민령
김봉래
김학찬
송미경
오문세
장은선
전삼혜

문학동네

| 차 례 |

김 봉 래 … 7

1

사건의 시작은 화요일 아침, 그보다 좀 더 이른 새벽부터였다. 민수는 6시 30분을 알리는 알람 소리에 눈을 떴다. 이불 속에서 잠시 꿈틀거리다 손을 더듬어 휴대폰 전원을 켜는 것까진 평소와 다를 바 없었다. 밤사이 문자라든가 카톡 메시지는 오지 않았다. 전파 수신 막대가 신호 없음으로 표시되고 와이파이가 불통이라는 사실을 알아채는 데도 오래 걸리지 않았다. 등교하기 전 얼핏 지나친 TV 속 아침 뉴스 진행자의 말에 따르면, 몇 시간째 통신 장애로 인해 휴대폰 서비스가 일부 중단되고 있다고 했다.

"엄마, 라디오 좀 켜 봐."

"왜?"

"뉴스 좀 듣게. 아직도 폰이 안 터져. 엄마 것도 안 되지?"

"그게 너랑 무슨 상관이니? 제발 학교에선 수업 시간에라도 휴대폰 좀 꺼 놔. 그래 가지고 공부가 돼?"

운전대를 잡은 엄마의 일장 연설이 펼쳐졌다. 책상 정리 좀 해라. 컴퓨터 하는 시간 줄이고. 그렇게 입으면 안 춥니? 수학 과제는 다 끝냈어? 지금이 가장 중요한 시기야. 내가 너 대신 공부해 줄 수 없잖아. 기, 승, 전, 공부. 엄마의 잔소리를 한 귀로 흘리며 민수는 차창 밖으로 시선을 돌렸다.

“와, 씨발! 고민수, 살아 있었구나!”

교실에 들어서자, 재현이 민수를 격하게 반겼다.

“미친, 전쟁이라도 났냐?”

“어디 지진 난 거 아닐까? 혹시 후지산 대폭발?”

“멍청아, 일본에서 지진 났으면 우리랑 무슨 상관인데?”

“미국, 일본이랑 같이 쓰는 거 아니었어? 그건 인터넷인가?”

아침 교실의 풍경은 예상대로였다. 아이들은 먹통이 된 휴대폰을 만지작거리며 잡담을 나누거나 셀카를 찍으며 빈둥대고 있었다.

“내 건 아직 터지는데. 역시 구관이 명관이군.”

2G 폴더폰을 쓰는 김전일이 빛의 속도 LTE를 조롱했다. 성은 김이요, (본명이 뭔지는 크게 알고 싶은 마음도 없지만) 항상 전교 1등을 놓치지 않아서 ‘김전일’이라 불리는 재수 없는 녀석이었다. 민수는 잠시 접속 불가 상태의 카톡 창을 들여다보다 정화네 반으로 걸음을 옮겼다.

“네 전화도 안 돼?”

정화는 민수를 보자마자 휴대폰의 생사를 물었다.

“어젯밤까지 카톡 했는데 아침에 일어나 보니 먹통이네.”

“토요일에 영화 볼 수 있을까?”

"그때까진 복구되겠지 뭐. 안 되면 어때? 시간 정하고 만나면 되지."

"그래도……."

별것 아닌 듯 말했지만, 민수도 내심 신경이 쓰였다. 정화가 꼭 보고 싶다던 영화였다. 그보다 더 중요한 것은 영화를 보고 나서 백일 기념 커플 운동화를 사기로 한 것이고, 그 후에 또 어떤 이벤트를 해야 할지 고민하던 중이었다. 그나마 통신 장애가 발생하기 전 인터넷으로 근처 맛집을 알아본 것이 다행이랄까.

해가 기울고 밤이 되어도 여전히 휴대폰은 불통이었다. 야자 시간이 끝나는 10시가 가까워지자 교무실의 전화벨 소리가 쉴 새 없이 울려 퍼졌고, 고색창연하게 복도 구석을 지키고 있던 단 한 대의 공중전화 앞에는 자신의 안위를 엄마에게 알리려는 아이들의 줄이 길게 이어졌다.

2

어제저녁까지만 해도 휴대폰이 드문드문 터지는가 싶더니, 이틀째가 되자 휴대폰은 물론 인터넷까지 완전히 멈추어 버렸다. 카톡은 물론 트위터나 페이스북도 할 수 없게 되었다.

"이번 일을 계기로 자신의 생활 습관을 한번 되돌아보는 건 어때? 인터넷, 게임, 채팅, 야동, 그 외에 또 뭐가 있지? 불필요하게 낭비되는 시간이 얼마나 많아? 우리 땐 이런 거 없어도 잘 살았다. 놀 거리도 없고 주변에 방해되는 것도 없으니 할 게 공부밖에 없었지."

"말도 안 돼요. 무슨 공부밖에 할 게 없어요? 우리 아빠 고딩 때 맨날 당구장 다녔다는데."

"로라장."

"나이트."

담임 선생님의 말에 몇몇 아이들이 청동기 시대에나 있었을 법한 오락 시설을 열거하며 낄낄거렸다.

"손가락만 까닥거리면 모든 일이 쉽게 되니까 절제라는 걸 모르는 거다. 그런 상태로 나이를 처먹으면 그게 성인이야? 여기서 휴대폰 없는 사람 손들어 봐."

한 명이 손을 들자 장난스럽게 박수가 터져 나왔다. 세계를 지배하는 프리메이슨의 존재를 믿으며, UFO가 생체 실험을 위해 지구인을 수시로 납치하고 있다고 주장하는 녀석이다.

"피처폰, 폴더폰 쓰는 사람."

김전일을 포함한 세 명이 손을 들었다. 담임 선생님이 원하는 그림이 이제야 그려졌다.

"여기까지가 스카이, 서성한 커트라인이다. 와이파이는 인서울, 무제한 요금제는 지방대. 아직 고2 초라고 다들 여유만만이지? 내년 수능까지 몇 개월 남은 줄 알아?"

아이들의 미지근한 반응에 화가 난 듯, 담임 선생님의 입에서 신랄하고 아스트랄한 비유가 쏟아졌다. 잔소리가 길어지자 민수는 슬그머니 이어폰을 끼고 휴대폰 뮤직 플레이어를 재생했다. 스트리밍 서비스를 받을 수 없는 휴대폰에서는 다운로드한 지 몇 달이 지난 추억의 히트곡이 이어졌다.

"오늘 담임 장난 아니었어. 완전 빡쳐서 폭풍 독설을 막 쏟아 붓는데, 내년 3, 4월 모의랑 내신 보면 너네들 갈 대학 이미 다 정해진다는 거야. 애들 완전 멘붕돼서 직업반이나 가야겠다 그러고."

"빡 샘이 좀 날카로운 데가 있긴 하지. 그래도 나한텐 되게 잘해 주는데."

"우리 담임이 좋아하는 두 부류가 있어. 공부 잘하는 애들이랑 여자애들. 난 해당 사항 없음."

"우리 담임 샘은 안 그래. 편애하는 거 진짜 짜증 나."

야자를 마치고 민수는 정화와 학교 운동장 가장자리를 따라 천천히 걸었다.

고1 때 같은 반이었던 정화와 커플이 된 것은 겨울방학 동안 우연히 같은 독서실을 다니면서부터였다. 휴게실에서 마주치며 단둘이 대화를 나눌 기회가 많았고, 어떤 날은 독서실이 끝날 때까지 카톡 창에 매달려 메시지를 주고받기도 했다. 정화는 학생회 임원 선거에서 학년 부회장까지 당선된 활발한 아이였다. 적극적인 성격 덕분에 아이들과 두루 친했고 남학생들에게 인기도 많았다. 그런 정화와 사귀게 된 것은 민수에게 큰 행운이자 자부심이었다.

"너, 혹시 윤서 알아?"

정화가 학원 버스에 오르기 전 민수에게 물었다.

"……응, 알지."

민수의 목소리는 시작과 끝이 희미했다. 윤서는 중학교 동창이었다. 중학교 졸업 직후부터 고1 여름방학 전까지 반년 정도 사귄 첫 여자친구이기도 했고.

"근데 왜?"

"아니, 그냥. 걔 아는 애한테 무슨 얘길 들어서. 별거 아냐. 잘 가."

버스에 타는 정화의 뒷모습이 왠지 무겁게 느껴졌다. 내가 윤서랑 사귄 것을 정화도 모를 리 없을 텐데, 정화는 왜 윤서의 이름을 꺼냈을까? 민수는 개운치 않은 마음으로 발걸음을 옮겼다.

3

"이동통신 장애에 이어 인터넷까지 사흘째 불안한 접속 상태를 보이고 있습니다. 주식거래소나 증권사와 같이 전용망을 이용하는 주요 산업 시설을 제외한 일반 가정의 인터넷은 완전히 멈춰 버린 상태입니다. 이처럼 통신 장애가 장기간 지속되는 것은 통신사의 안일한 대응과 외부의 디도스 공격에 대한 국내 업체의 방어력이 취약한 것이 원인이라는 분석입니다."

통신망이 마비된 지 꼬박 48시간이 지나자 TV 뉴스의 분위기는 이전과 사뭇 달랐다. 제각기 전문가를 내세워 원인 찾기에 분주했고, 통신사는 소프트웨어를 정밀 점검 중이며 최대한 이른 시일 내에 복구하겠노라 해명에 급급했다. 회사원은 거래처에 일반 전화를 연결하느라 혈안이 되었고, 휴대폰 사용이 필수인 택배 운송, 대리운전, 퀵 서비스 같은 일은 사실상 휴업 상태였다.

세상이 통신 장애와 싸우는 동안, 민수는 오전 수업 시간 내내 밀려오는 졸음과 싸워야 했다. 인터넷으로 영화를 예매하는 것이 불가능해지자 어젯밤 학원을 마치고 영화관에 들러 티켓을 직접 구매했기 때문이다. 수면 시간이 줄어든 것은 물론, 왜 늦게 왔냐는 엄마의 잔소리는 보너스.

"고민수, 너 EBS 인강 들어?"

줄을 서서 급식을 기다리던 도중 김전일이 민수에게 말을 걸었다.

"아니, 인강은 방학 때 몰아서 하는데. 왜?"

"혹시 미리 다운받은 동영상 파일 없나 해서."

"너만 안 되는 거 아니잖아. 다들 못 하고 있을걸?"

"그렇지. 그렇긴 해도."

김전일은 다른 친구에게도 같은 질문을 반복했고 또 같은 대답을 들었다. 학원 다니면서 인강까지 듣나? 하긴, 그러니까 전교 1등이겠지. 민수는 저만치 앞줄에서 같은 반 여자애들과 재잘재잘 수다를 떠는 정화의 표정을 살폈다. 평소와 다르지 않은 활기찬 얼굴이었다. 어제 정화가 던진 말이 은근히 신경 쓰였는데, 다행히 별일 아니었나 보다.

"김전일 존나 똥줄 타나 본데? 너한테도 물어봤어?"

점심을 먹은 후, 눈치 없는 재현이 운동장 스탠드에 드러누워 꿀잠을 청하는 민수를 깨웠다.

"응. 그런데 학기 중에 인강이랑 학원을 병행하는 게 가능해? 물리적으로 시간이 부족할 텐데."

"그 새끼 수업 시간에 인강 듣잖아."

"그러고도 내신이 나오나?"

"그러니까 김전일이지. 하여간 사흘 동안 인강 못 해서 주변 염탐하는 놈은 그놈밖에 없을 거야. 존나 재수 없어."

재현은 스탠드에 누운 채 휴대폰을 꺼내 의미 없는 터치를 반복했다.

"미치겠다. 피온도 안 되고 레이븐도 안 되고."

"너 그러다 폰 놓치면 코 깨진다."

"맞다, 씨발 4반 동호 알지? 그 새끼 진짜 폰 떨궈서 코뼈에 금 갔대. 자기 침대에서."

민수와 재현의 웃음소리와 동시에 짧은 점심시간이 끝났다. 오후 수업 시간 내내, 석식 시간이 지나고 야자 시간 도중에도 아이들은 휴대폰을 만지작거렸다. 언제 다시 정상으로 돌아올까. 기다림은 길고 지루했다.

"4시에 영화 시작이니까 3시 반에 만날까?"

"그래."

"영화 끝나면 딱 저녁 시간이잖아. 너 파스타 좋아하지?"

"……응, 좋아."

정화의 간단한 대답에 민수는 풀이 죽었다. 직접 영화관에 달려가서 예매를 하고 맛집까지 알아본 성의를 조금이라도 칭찬해 주면 좋으련만, 정화의 무성의한 태도에 자신의 노력이 보잘것없이 느껴지는 순간이었다.

"오늘 마지막 인사네. 잘 가."

"응, 너도."

정화를 보낸 후 민수는 학원 버스 좌석에 자리를 잡았다. 먼저 탄 아이들은 벌써 눈을 붙이고 짧은 잠에 빠져들어 있었다. 평소라면 휴대폰을 만지작거리며 친구들과 시시껄렁한 잡담을 나누고 있었을 터였다. 민수는 나지막이 심호흡을 한 뒤 가방 속에서 단어장을 꺼냈다. 덜컹거리는 버스 안, 불규칙하게 흔들리는 영어 단어는 좀처럼 눈에 들어오지 않았다.

4

백일 기념일이 하루 앞으로 다가왔다. 민수의 금요일 아침을 깨운 것은 엄마와 아빠의 잔뜩 화난 목소리였다.

"내가 그거 하지 말랬지? 무슨 돈이 넘쳐 나서 주제도 모르고 주식이야?"

"저금리잖아, 초저금리. 지금 예금이나 적금은 손해 보는 거나 다름없다고 몇 번을 얘기해?"

"주식으로 돈 번 사람 있어? 그게 도박이랑 다를 게 뭐야?"

"전 재산을 쏟아부은 것도 아니고, 지금까지 까먹은 적도 없잖아. 이게 그냥 날로 먹는 게 아냐. 아는 만큼 버는 거야. 분석하고 예측하고, 모르면 공부 좀 해."

"그래서 회사에 월차까지 내고 주식거래소에 달려가? 도대체 당신 제정신이야?"

"인터넷 거래가 완전 올 스톱 상태잖아. 위기는 기회라고, 이런 때일수록 현물 옵션이……."

엄마와 아빠의 팽팽한 대립이 이어졌다. 아빠가 주식 투자를 하고 있었나? 민수는 괜한 불똥이 튈세라 조용히 세수를 하고, 밥을 먹고, 엄마를 따라 집을 나섰다.

"학교 분위기 어떠니? 어수선하지 않아?"

"별로. 오히려 조용하고 좋아."

"애들이 휴대폰 가지고 놀지 못하니 공부는 열심히 하겠네."

"그렇지도 않아. 그냥 잠만 자지."

"이제 얼마 안 남았어. 조금만 더 버텨. 엄마도 할 수 있는 만큼

최선을 다해 서포트할 거니까. 엄마는 물론이고, 너 자신을 실망시키지 않도록 해."

엄마는 아직 화가 덜 풀린 듯 거칠게 핸들을 틀어 차선을 변경했다. 뒤따르던 차의 경적이 민수의 귀를 때렸다.

담임 선생님은 휴대폰이 어쩌고, 인터넷이 저쩌고, 더는 훈계를 늘어놓지 않았다. 수많은 사람이 통신망의 마비로 비롯된 일상생활의 불편을 호소했고, 언론 매체는 너 나 할 것 없이 과도하게 모바일과 인터넷에 의존하고 있는 사회 풍조를 질타했다. 부작용과 혼돈이 난무하는 세상 속, 교실의 아이들은 며칠 전보다 조금 많이 잠을 자고 조금 더 시끄러워졌다. 휴대폰을 만지며 조용히 깨어 있는 아이들이 사라졌을 뿐이었다.

점심시간이 끝날 무렵, 교실 안팎을 분주하게 들락거리던 재현이 민수 앞에 앉았다.

"고민수, 내일 오후 3반이랑 축구 시합 하기로 했어. 시간 되지?"

"내일 약속 있는데."

"안 돼! 너 빠지면 우리 미드필더 완전 폭망이야. 무슨 약속인데? 정화랑?"

"응. 백일이라서 절대 안 돼."

"좀 조용히 해."

둘의 대화에 끼어든 불청객은 맨 앞자리에 앉아 있던 김전일이었다. 김전일은 오전 내내 책상을 뚫을 기세로 코를 파묻고 공부에 전념했다. 평소에도 쉬는 시간을 쪼개 가며 공부했던 녀석이지만, 오늘은 화장실조차 한 번을 안 간 것 같았다. 재현은 못마땅한 표정으로 김전일을 쓱 째려본 후 목소리를 낮춰 말을 이어 갔다.

"너, 정화랑 요즘 잘 지내냐?"

"그럼. ……근데 왜 갑자기 그런 걸 물어봐?"

"말해도 되나 모르겠다. 요즘 정화가 여자애들 사이에서 평이 좀 안 좋아졌다고 그러더라."

"왜?"

"자세한 건 잘 몰라. 그냥 그렇대."

"누구한테 들었어?"

"1반 효진이한테. 걔도 전해 들은 얘기라고 했으니까 괜히 가서 따지거나 그러진 마."

효진이라면 윤서의 가장 친한 친구인 동시에, 정화와도 자주 어울리는 사이였다. 정화도 알고 있었을까? 알고 있었다면 왜 그런 얘길 나한테 하지 않았을까?

"제발 대화는 좀 나가서 해 줄래? 꼭 이렇게 다른 사람한테 피해를 줘야겠어?"

"야, 이 개새끼야! 너만 공부하냐? 존만 한 새끼가 보자 보자 하니까."

재현이 결국 폭발하고 말았다. 교실은 일순간 (김전일의 뜻대로) 정적에 휩싸였다.

"재현아, 그만해. 네가 참아."

보다 못한 민수가 재현을 끌어내다시피 부둥켜안고는 교실을 빠져나왔다.

"무슨 공부를 악에 받쳐서 하냐? 인강 며칠 못 들었다고 완전 분노의 공부질이야. 세계 3대 분노가 부모의 원수, 친구의 배신, 인터넷 끊김이라더니."

재현의 말에 민수는 피식 웃음을 터뜨렸다. 정화 얘기를 더 묻고 싶었지만, 때마침 점심시간 종료를 알리는 벨이 복도에 울려 퍼졌다. 오후 수업 시간에도, 야자 시간에도 민수의 눈앞엔 정화의 얼굴만 맴돌았다. 내일 만나서 무슨 얘기를 해야 할까? 백일 기념일에 이상한 소문에 대한 대화를 나눌 수도 없는 노릇이었다.

5

주말을 맞아 꿀 같은 늦잠을 잔 민수는 깨어나자마자 욕실로 달려가 샤워를 했다. 눈썹과 코털 정리도 하고, 왁스로 앞머리에 잔뜩 힘을 주었다.

"너 오늘 학교 안 가니? 자율 학습 안 해?"

"응, 오후에 약속 있어서. 저녁 밖에서 먹고 올 거야."

"무슨 약속? 누구랑?"

"친구."

"여자친구라도 만나? 머리가 아주 그냥 하늘로 치솟을 기세인데?"

"그냥 애들이랑 만나서 노는 거야. 외출하기 전까지 과제 다 해 놓을 거니까 걱정하지 마."

엄마의 예리한 촉을 피해 민수는 슬그머니 방문을 닫았다. 책상 앞에 앉은 민수는 휴대폰을 켰다. 여전히 신호 없음. 통신 장애가 닷새나 이어지는 것은 민수가 보기에도 꽤 심각한 상황이었다. 그나마 다행인 것은 영화관이 문을 닫지 않았다는 사실이다.

"고민수, 전화 받아. 여자친구다."

엄마의 노크에 민수는 야동을 보다 들킨 것처럼 화들짝 놀랐다.

"우리 오늘, 4시에 보기로 한 거 맞지?"

정화였다.

"영화 시작이 4시고 약속은 3시 반. 뭐야? 집으로 전화를 다 하고. 놀랐잖아."

"민수야, 미안한데……. 우리, 내일 만나면 안 될까?"

"왜? 무슨 일 있어? 어디 아파? 오늘 영화 예매까지 했는데. 감기 걸렸어?"

"그런 건 아닌데……. 아니, 됐다. 이따 봐."

백일 기념 약속을 다음 날로 미루자니. 민수는 도무지 정화의 마음을 이해할 수 없었다. 재현에게 들은 이야기도 그렇고, 민수의 머릿속이 뒤엉킨 실타래처럼 복잡해졌다.

영화를 보는 내내 정화는 무표정한 얼굴이었다. 재미있는 장면이 나와도 웃지 않았고, 남녀 주인공의 멋진 키스 장면이 펼쳐져도 마찬가지였다. 몸은 영화관 안, 민수의 옆자리에 있어도 마음은 다른 어딘가에 가 있는 듯했다. 도무지 이유를 알 수 없는 이 어색한 분위기를 어쩌면 좋을까? 손이라도 슬쩍 잡아 볼까? 안 돼, 영화 보다가 수작 부리는 건 최악이랬다. 민수의 입에서 깊은 한숨이 절로 새어 나왔다.

"저녁은 다음에 먹으면 안 될까?"

전혀 즐겁지 않았던 두 시간이 지난 후, 정화가 꺼낸 첫마디는 민수를 화나게 하기에 충분했다.

"너, 대체 왜 그래? 내가 뭐 잘못한 거 있어?"

"그런 거 아냐."

"아니면 뭔데? 뭔지 얘길 해야 알지. 알아듣게 설명을 해 줘."

"……지난주에 반 친구들이 단톡방에서 내 얘길 했대. 너랑 사귀기 시작하면서 자기네들이랑은 안 논다고."

"친구 누가? 여자애들이?"

"효진이랑 지우, 서영이, 또……."

맨 처음 효진의 이름이 거론되었을 때 민수는 직감했다. 어떤 이유에서든 윤서와 관련되어 있을 것이다.

"오늘 저녁 먹고 노래방 가서 놀기로 했대. 근데 지우가 나도 부르자고 했더니 애들이 걘 됐다고, 민수랑 다니느라 바쁘다고……. 그런 얘길 듣고 어떻게 가만히 있을 수 있어?"

"그래서 거길 가겠다고? 그게 우리가 만난 지 백일째 되는 날에 딸랑 영화만 보고 헤어지는 이유야?"

"멀티숍 가서 운동화 사자. 그럼 되잖아. 나 오늘 정말 즐거웠어."

"나는? 나는 지금 전혀 안 즐거워."

"미안해. 하지만 지금 내 상황을 좀 이해해 줘."

"거기 간다고 뭐 달라지는 게 있어? 부르지도 않았는데 가는 게 더 이상한 거 아냐?"

"다 모여 있을 때 만나서 오해를 풀어야 해. 카톡 됐으면 이러지도 않았을 거야. 지금 아니면 졸업할 때까지 계속 어색하게 지낼지도 몰라."

"신경 쓰지 마. 걔들이랑 특별히 친한 것도 아니잖아. 그냥 무시하고 생까 버려. 안 친한 애들은 그냥 안 친한 채로 지내는 거야. 나도 우리 반에 아직 말 한 번 안 걸어 본 애들도 많아. 성격 다르고 취향도 다른데 어떻게 친해져? 나중에 학교 졸업하고 나서도 어차피 지금 어울리는 애들끼리만 만나게 될 거야."

"난 그런 거 못 견디겠어. 애들이랑 다 잘 지내고 싶어. 지금 만

나는 친구들 잃고 싶지도 않고. 왕따 같은 거 정말 끔찍해. 난 그런 거 경험하고 싶지 않아."

"넌 왕따당할 일 없으니까 걱정하지 마. 너처럼 인기 많은 애가 왕따면 세상에 왕따당하지 않을 애는 하나도 없어."

"너 정말 무디구나? 친구 하나둘과 멀어지면 주변의 다른 친구들까지 날 이상하게 보고 험담을 늘어놓을 거야. 자기밖에 모르는 의리 없는 애라고."

"그런 애들은 원래부터 친구가 아니었던 거지."

"자기 일 아니라고 그렇게 쉽게 얘기하지 마. 고민수 너, 이렇게 말 안 통하는 애였어?"

"말이 안 통하는 건 너야. 어떻게 내 감정은 조금도 배려하지 않아?"

"나 원래 이래. 원래 이런 애야. 너도 이 정도로 이기적이고 가벼운 앤 줄 몰랐어. 쉽게 다가가서 친해지고, 스스럼없이 친구들과 어울리고, 그런 너니까 지금 내 상황을 조금은 이해해 줄 줄 알았어. 그런데 어떻게 그렇게 아무렇지도 않게 얘기할 수 있어? 지금껏 네가 친하게 지낸 친구들은 그냥 그런 겉친구였던 거야? 너한텐 그저 쉽고 가벼운 문제일지 모르겠지만, 난 안 그래. 나한텐 무엇보다 어렵고 중요한 문제야. 이만 가 볼게. 오늘 영화 보여 줘서 고마워."

사람들 사이로 멀어져 가는 정화의 뒷모습은 싸늘했다. 어떻게든 정화를 붙잡고 싶었지만, 정화의 태도에 이미 상처받을 대로 상처받은 자존심은 민수의 발목을 꽉 움켜쥐고 놓아주지 않았다.

터덜터덜 집을 향해 걸음을 옮기던 민수는 아파트 상가 지하 허름한 분식집에 들어가 떡볶이와 우동으로 저녁을 때웠다. 맵고 탁한 양념으로 버무려진 값싼 밀가루 덩어리가 자꾸 입천장에 달라붙었다. 궁상맞고 비참한 기분에 눈 밑이 시렸다. 할 일 없이 집에서 뒹굴고 있을 재현을 불러내 소주라도 마시고 싶었지만, 휴대폰도 없었고 집 전화번호를 알지도 못했다.

6

잠을 설쳤다. 평소대로였다면 어젯밤 화를 낸 것에 대한 사과와 솔직한 마음을 한 글자 한 글자 문자로 찍어 전송했을 것이다. 정화가 저녁을 거르지나 않았을까, 여자애들 모인 곳에 갔다가 오히려 상처만 더 받지 않았을까, 걱정도 되고 궁금하기도 했다.

민수는 엄마에게 독서실에 간다고 둘러대고 가방을 챙겨 집을 나섰다. 직접 정화를 만나는 것 외엔 할 수 있는 일이 아무것도 없었다. 버스 안에서 민수는 집에 휴대폰을 두고 왔다는 사실을 문득 깨달았다. 어차피 사용할 수도 없는 물건이지만, 민수는 항상 손에 쥐고 있던 무언가를 잃은 듯한 허전함에 두 손을 연신 만지작거렸다.

"안녕하세요? 저, 정화 친군데요. 정화 있나요?"

민수는 용기를 내 정화네 집으로 전화를 걸었다.

"……내 목소리도 못 알아봐?"

"정화니?"

"무슨 할 말 있어?"

"지금 너희 집 앞에 와 있어. 여기 상가 앞 공중전화 부스야. 잠깐 나올 수 있어?"

"이렇게 갑자기 찾아오면 어떡해? ……조금만 기다려."

잠시 후 정화가 아파트에서 내려왔다. 민수와 정화는 놀이터 벤치에 나란히 앉아 아이들이 뛰노는 모습만 멀뚱히 바라보았다. 뭐라 말을 꺼내야 할까? 민수가 발바닥을 비비며 고민하고 있을 때, 두 사람 사이로 불어온 바람이 정화의 머릿결을 흐트러뜨렸다.

"너, 머리."

"응? 젖었어?"

"뒷부분만 조금. 집에서 운동했어?"

"바보."

"감기 걸리겠다."

민수는 입고 있던 점퍼를 벗어 정화에게 걸쳐 주고 후드로 젖은 머리를 감싸 주었다. 민수의 행동에 정화의 굳은 표정이 살짝 누그러졌다.

"어제 효진이랑 애들은 만났어? 오해는 푼 거야?"

"응. 만나긴 했는데……. 처음엔 좀 어색했지만 그냥 놀았어. 노래 부르고."

"심각한 거 아니었던 거지?"

"모르겠어. 그냥 그렇게 생각하려고. 얼굴 보고 서로 웃고 그랬어."

"그럼 다행이고. 친구들 찾아간 거 잘한 거 같아. 안 그랬으면 오해가 길어질 수도 있었겠네."

"미안해. 어제 일."

"아냐, 내가 네 사정도 모르고 화부터 낸 것 같아서 반성 많이 했어."

"항상 애들이랑 카톡 하고 그러다가 휴대폰을 못 쓰게 되니까 내가 좀 많이 불안했던 것 같아. 나 모르는 얘기가 나왔다는데 확인할 수도 없고."

"넌 애들이랑 잘 지내서 그런 거 신경 안 쓸 줄 알았어."

"잘 지내려고 노력하니까 더 신경 쓰이는 거야. 나도 알고 있어. 모든 사람이 날 좋아해 줄 수 없다는 거. 그게 꼭 내 잘못은 아니라는 거. 머릿속으로는 그렇게 생각해도, 맘처럼 잘 되지가 않아. 어제 너랑 말싸움하고 헤어진 뒤에도 계속 불안했어."

"어제 나랑 그랬던 일은 신경 쓰지 마. 난 이미 다 잊었어."

민수의 말에 정화는 후련해 보이기도 하고, 여전히 무언가를 걱정하는 듯 느껴지기도 하는 알 수 없는 웃음을 지었다.

"너 점심 먹고 나왔니? 여기 상가 슈퍼 안 떡볶이집 정말 맛있어."

"사실 어제 너랑 헤어지고 혼자 떡볶이 먹었는데."

"그럼 튀김 먹자. 튀김도 맛있어."

민수는 괜한 말을 한 듯싶어 가렵지도 않은 머리를 긁적였다. 민수와 정화는 떡볶이와 튀김을 먹으며 내일 야자를 째고 함께 운동화를 사러 가자는 모의를 했다. 정화의 말대로 떡볶이는 부드럽고 쫄깃하며 매콤달콤했다.

독서실에 들러 밀린 과제를 마무리하고 집에 도착한 시간은 저녁때가 되어서였다. 엄마는 저녁 준비에 바빴고, 아빠는 컴퓨터 앞에 앉아 모니터를 뚫어져라 바라보고 있었다.

"이제 인터넷 돼?"

"으응, 됐다 안 됐다 그런다. 아빠 바쁘니까 말 시키지 마라."

민수는 방에 들어가 책상 위에 놓인 휴대폰을 켰다. 신호가 잡혔다. 와이파이를 켜자 무선 인터넷도 연결되었다. 그동안 확인하지 못했던 카톡 메시지 몇 개도 보였다. 민수는 정화에게 보낼 문자를 입력하기 시작했다.

—우리 앞으로 잘 지내자. 진짜 너밖에 없어♥

민수는 전송 버튼을 누르려 엄지손가락을 까닥거리다 가만히 휴대폰을 내려놓았다. 어젯밤에 휴대폰을 쓸 수 있었다면 정화에게 어떤 문자를 보냈을까? 정화를 찾아가기나 했을까? 민수는 뒤로 가기 버튼을 눌러 문자메시지를 지웠다. 오늘 정화를 만나서 다 이야기한 것들이었다.

7

인터넷 속도는 여전히 느렸지만, 휴대폰 서비스는 정상을 되찾았다. TV 뉴스에서는 통신 대란으로 인한 경제적 피해와 국가 신용도 하락 등 집계되지 않은 수십조 원의 손실에 대해 떠들어 댔다. 통신사는 소프트웨어 결함 등 기술적인 문제는 발견되지 않았다며 책임을 회피했고, 구체적인 물증은 없으나 앞뒤 정황을 고려해 볼 때 북한의 소행이 유력하다는 정부 발표가 이어졌다.

"일주일 동안 강제로 휴대폰, 인터넷 없이 살아 보기 체험한 소감이 어때? 이제 살 것 같아?"

아침 조회 시간, 담임 선생님이 휴대폰 든 손을 꼼지락거리는 아이들을 바라보며 말했다.

"폰 없어도 살 만하던데요? 뉴스 보니까 오히려 어른들이 더 똥줄 타는 것 같던데."

"그럼 수능 때까지만 휴대폰 없이 살아 봐."

"그건 안 되죠."

"왜 안 돼?"

"있으니까 하는 거죠. 만든 사람보고 뭐라 해야지, 왜 우리보고 뭐라 그러느냐고요."

"쓸데없는 걸 안 하면 되지. 휴대폰을 목적이 아닌 수단으로 삼으란 말이다. 휴대폰의 노예가 될 것인가, 주인이 될 것인가."

"문제는 쓸데없는 게 없다는 거예요. 다 쓸데가 있다고요."

"게임이 어디 쓸데가 있어?"

"두뇌 계발, 집중력 향상."

"셀카 찍어 대는 건?"

"자아 존중, 자기 객관화."

"하여간 입만 살아서……. 오늘도 한눈팔지 말고 공부 열심히 해!"

담임 선생님과 아이들이 티격태격 입씨름을 벌이는 동안 민수는 정화에게 석식 먹고 운동화 사러 가자는 메시지를, 재현에겐 이번 주말 3반과 축구 리벤지 매치를 주문하는 문자를 보냈다. 쉴 새 없이 손가락을 놀리다 문득 앞자리의 김전일이 눈에 들어왔다. 그 어느 때보다 평화롭고, 여유를 되찾은 김전일의 태블릿 속 초록색 칠판에는 인강 강사의 필기가 빼곡하게 들어차 있었다.

무언가는 제자리로 돌아왔고, 그 빈 자리를 어줍게 메꾸었던 무언가는 언제 그랬냐는 듯 감쪽같이 사라져 버렸다. 따분하거나, 불안하거나, 공허함으로 뒤섞였던 7일이 그렇게 지나갔다.

김 학 찬 ···①②③④⑤

언제나처럼, 시험지를 받아 들기 직전이 가장 짜릿했다. 얇은 시험지가 손바닥에 착 감겼다. 시험지를 받는 순간을 얼려 두고 싶다. 냉동실에 쌓아 두고 원할 때마다 하나씩 까먹으면 얼마나 좋을까. 시험지를 받는 순간, 시작이었다.

빨리 풀어 버리고 싶지만 짧게 한 번 숨을 내쉬었다. 숨을 내쉬면 긴장을 끊어 낼 수 있었다. 맛있는 음식은 천천히 즐기면서 먹는 거야. 허겁지겁 풀고 나면 아무 맛도 기억나지 않아. 우아하게, 천천히, 차분하게. 시험지에 코를 대니 갓 구운 빵 냄새가 났다. 고소한 잉크 냄새가 날 미치게 했다. 시험지 한 귀퉁이를 씹어 먹고 싶었다.

책상 한가운데 시험지를 내려놓았다. 역시 모의고사 시험지 촉감이 제일 마음에 들었다. 매끈하면서 미끄럽지 않고, 눈이 부시지 않으면서 뒷면이 비치지 않았다. 인쇄 상태도 늘 선명하고 깔끔했다. 샤프는 모의고사 시험지 위에서 가장 부드럽게 춤을 췄다. 평소에도 이 시험지를 연습장으로 쓰고 싶었다. 그러면 매일 시험 치는 기분으로 살 수 있을 텐데. 시험지가 연습장이고 연습장이 시험지라면, 늘 롤러코스터를 타는 기분이려나.

• • •

객관식 시험을 만든 사람은 분명 천국에 갔겠지. 천국에서 매일 시험문제를 만들며 행복한 시간을 보내고 있거나, 우리를 보며 흐뭇하게 웃고 있을지도 모르겠다. 객관식은 어쩐지 항상 옳을 것만 같았다. 객관적인 사람이야, 객관적으로 보면, 이런 말들은 소리조차 공정하게 들렸다.

주관적인 것 같다는 말은 누구나 듣기 싫어했다. 주관이 뚜렷하다는 말조차 어쩐지 거북했다. 남은 신경 쓰지 않고 제멋대로 군다는 말을 에둘러 표현한 것이니까. 객관은 맞고, 주관은 틀렸다. 객관은 객관적으로 옳고, 주관은 그저 주관적일 뿐이다.

객관식 문제에는 채점하는 사람의 의견은 들어갈 구석이 없었다. 국어 시험지를 수학 선생님이 채점해도 점수가 같았다. 누구나 풀 수 있고, 누구나 채점할 수 있었다. 게다가 객관식 시험은 풀면, 어떻게든 풀리게 되어 있었다. 정답이 없는 객관식은 그냥 잘못 출제된 것이고, 모두 정답 처리되었다. 답을 고를 수 없는 객관식 문제는 없었다.

도덕이나 윤리조차도 객관식 시험의 세계에서는 확실한 답이 있었다. **다음 설명 중 옳은 것은? 다음 중 옳지 않은 것끼리 짝지은 것은?** 문제가 잘못되었을까 봐 걱정할 필요는 없다. 항상 답은 있으니까, 그저 충실하게 주어진 문제의 조건을 읽고 열심히 답을 찾으면 끝이었다. ①번이 답이라면 ②번은 답이 아니었고, ①번과

②번이 답이 아니라면 답은 ③, ④, ⑤번 중 하나였다.

찍어서 맞힐 수 있다는 것은 객관식만 가질 수 있는 약간의 관용이었다. 정말 어쩌다 주관식도 찍을 수 있는 경우가 있긴 했지만, 수학 문제에서 -1, 0, 1이 답인 정도였다. 부분 점수가 있는 경우도 있지만, 대체로 주관식은 모르면 그냥 오답이었다.

노력한 만큼 얻었다. 다섯 개의 보기 중에서 점수를 얻었다. 한 개가 분명히 답이 아니라는 것만 알아도 답을 맞힐 확률은 찍는 것에 비해 5퍼센트 더 높아졌다. 다섯 개 중에서 고르는 게 아니라 네 개 중에서 고르는 거니까. 찍는다고 다 같이 찍는 게 아니었다. 조금이라도 더 알면 알수록 정답을 골라낼 확률이 증가하는 것도 객관식의 오묘한 미덕이었다.

찍어서 맞힌 문제는 소소한 행운처럼 느껴졌다. 말하자면 지나가다가 돈을 주운 것과 같았다. 객관식에 비하면 주관식은 인정이 없었다.

• • •

정답이 보이지 않았다. 수민이가 잘못했지만, 연우도 잘한 것은 아니다. 아니, 잘못이라는 말은 잘못이다. 우리 셋 중 오답을 고른 사람은 아무도 없었다. 문제는, 다시 시간을 되돌린다고 해도 무엇을 어떻게 풀어야 할지 여전히 모르겠다는 것이다. 연우의 대꾸는 주관식이었는데, 수민이는 그 대꾸를 오답 처리했다.

연우는 수민이에게 왜 네 기준대로 하느냐고, 대체 그 기준이 뭐냐고 화를 냈다. 수민이는 대답하지 않았고, 나는 서로 잘못했으니 부분 점수를 주는 정도로 정리하면 될 것 같았는데, 둘은 계속 싸웠다.

• • •

시험은, 모두에게 똑같다고 배웠다. 사람마다 다른 시험지가 필요하다는 것은 한참 후에야 알았다.

누구나 같은 문제를 받고 모두가 같은 시간을 썼다. 같은 종이, 같은 글자를 봤고, 같은 여백을 받았다. 실수도 실력이기에, 실수를 줄이기 위해서 공부해야 했다. 성적이 낮으면 공부를 덜 한 것이고, 성적이 높으면 공부를 덜 해도 괜찮았고, 실수와 실력을 나누는 기준도 성적이었다.

나도, 연우도, 수민이도 같은 시험을 쳤다. 수민이는 연우에게 먼저 말실수를 했다. 수민이는 연우가 시험을 망친 이유는 생각하지 않았다. 실수도 실력이고, 수민이가 잘못했다고 생각했지만, 연우의 대응도 좋지는 않았다. 나중에 연우의 사정을 안 수민이는 고개를 떨궜다. 둘은 그래도 다시 같이 잘 다녔다.

• • •

모의고사는 내신 시험보다 아름다웠다. 모의고사도 시험이지만, 진짜 시험은 아니었다. 진짜 시험은 모의고사 뒤에 있었다. 사전에 모의고사는 '실제의 시험에 대비하여 그것을 본떠 실시하는 시험'이라고 나와 있었다. 사전의 정의는 늘 더 어려웠다. 무한정 모의고사만 반복해서 보고 싶었다. 가장 좋은 시험은 내가 붙을 수 있는 시험이고, 그다음은 틀려도 괜찮은 모의고사였다. 진짜 시험을 치기 위해 가짜 시험을 여러 번 반복하는 것.

가짜 시험이라도 성적이 좋으면 기분이 좋았다. 점수도, 석차도, 등급도 있었다. 점수와 석차와 등급에서 나를 확인할 수 있었다. 종이가 발명된 이후 우리는 종이에 의해 나눠지고, 확인되고, 평가받았다. 성적이 떨어지면 속상하지만 다음번에 다시 잘 보면 되었다. 모의고사는 어디까지나 모의고사니까. 모든 문제를 다 맞힐 수는 없었다. 하나라도 틀리면 안 되는 내신 시험과 달리 모의고사는 몇 개의 오답쯤은 괜찮았다. 모의고사는 못 치면 실수고, 그럴 수도 있고, 다음에 더 잘 보면 되고, 잘 치면 그게 내 본래 실력이었다.

내신 시험은, 시험을 사랑하는 나조차도 버거울 때가 많았다. 과목마다, 선생님마다 스타일도 너무 달랐다. 진짜 시험을 1년에 몇 번씩이나 치고, 그 하나하나가 모두 기록된다는 것은 아무래도 힘들었다. 온전히 즐기기에는 내신 시험보다 모의고사 쪽이 좋았다.

어쩌면, 나는 우리 사이도 모의고사라고 생각했던 것은 아닐까. 연우의 말이 맞을지도 모르겠다.

"넌 다음 기회가 또 있을 것 같지?"

오늘따라 잡생각이 자꾸 끼어들었다.

• • •

인간이 평생 살면서 치는 시험을 합치면 모두 몇 번, 몇 시간이나 될까. 나는 취미에도 시험, 특기에도 시험이라고 적어 넣었다. 초등학교에 입학한 후 가장 많이 해 본 것도 시험이고, 가장 두근거리는 것도 시험이었다. 시험은 꼬박꼬박 꾸준히 찾아왔다. 그러면, 즐겨 버리자. 초등학교를 졸업할 때 결심했다. 피할 수 없으니까 즐기겠다는 다짐은 내가 생각해도 고개가 끄덕여졌다.

취미와 특기가 시험이라니, 그런 것치고 성적은 별로라고 빈정거리는 애들도 있었다. 연우도 처음에는 그랬다.

"병원에 가 봐야 하는 것 아냐?"

그러거나 말거나 시험이 좋았다. 고등학생이 되어서 중학생 때보다 좋았던 것은 시험이 더 자주 있다는 것 하나밖에 없었다. 시험이 없을 때면 손톱을 깨물었다.

• • •

시험이 없을 때, 로또를 사 본 적이 있다. 로또 판매점 주인은 힐끗 보더니 아무 말 않고 로또 용지를 내주었다. 주민등록증을 보자는 말이나 몇 살이냐는 질문은 없었다. 컴퓨터용 수성 사인펜으로 번호를 마킹했다.

토요일 저녁, 번호를 맞춰 보는 짜릿함은 있었지만 답을 예측할 수 없다는 점에서 금방 시시해졌다. 로또의 객관식은 도저히 답을 맞힐 수 없는 것이었다. 난 시험이 좋지, 무의미한 마킹이 좋은 게 아니다.

• • •

나도 공부하는 것은 싫다. 공부가 즐겁다니, 말도 안 된다. 매일 정해진 시간에 앉아서, 공부와 휴식을 반복하면서, 암기는 암기대로 해야 하고, 이해는 이해대로 해야 하는 것을 좋아할 사람이 있을 리 없다. 시험은 이해를 한다고 풀 수 있는 게 아니다. 암기와 연습이 없으면 풀 수 없다. 객관식 시험을 만든 사람은 천국으로, 학교를 만든 사람은 지옥으로.

공부를 하는 건 순전히 문제를 풀기 위해서였다. 공부하지 않으면 문제를 풀 방법이 없고, 그건 로또를 사는 것과 다를 바 없었다. 시험이 취미라면 다들 공부 벌레라고 생각했다. 진심이냐고 묻는 사람도 많았다. 공부는 죽을 만큼 싫지만, 공부를 하다 보면 정말 죽어 버리고 싶지만, 시험은 좋다는 말을 이해하는 사람은 없었다.

"학생이 열심히 공부하는 건 좋은 일인데, 왜 병원에 왔을까.

어디, 열심히 공부하는 이유를 물어봐도 될까?"

"시험을 치기 위해서요."

"그렇지, 학교에서는 계속 시험을 치지. 그래서, 공부를 열심히 하는 이유를 말해 줄래? 괜찮아, 편하게 말해도 되니까."

"시험을 치려고 한다니까요. 시험요. 시험."

의사가 뭐라고 물어도 내 대답은 같았다. 의사는 과연 의사였다. 내가 진료실을 나갈 때까지, 끝까지 미소를 잃지 않았다. 나는 의사의 그 얼굴 표정이 싫었다. 입시에 대한 강박 때문인 것 같으니, 꾸준히 상담 치료를 받아 보는 게 어떻겠느냐는 의사의 말을 엄마는 조심스럽게 옮겼다. 글쎄, 나는 미소를 잃지 않는 의사의 얼굴이 더 강박증처럼 보였는데.

나는 치료를 받으면 시험에 대한 흥미를 잃을 것이고, 흥미를 잃으면 공부를 하지 않을지도 모르고, 공부를 하지 않으면 성적이 떨어질지도 모른다고 대답했다. 엄마는 겁을 먹었다.

"그래, 그럼 우선 대학 가고 나서 다시 상담받아 보자."

어쩌면 나 정도는 아무 문제도 아닐지도 모른다. 내가 봐도 병원에 있는 아이들 중 내 문제가 가장 사소하게 보였고, 병처럼 느껴지지도 않았다. 진료실 앞에서 덜덜 떠는 애도, 끊임없이 땀을 흘려서 수건이 푹 젖은 애도 있었다. 끝없는 표정으로 천장만 쳐다보는 애도 있었는데, 이 정도쯤이야. 공부로 인한 스트레스가 없는 사람이 어디 있을까. 나야 별문제가 아니겠지.

• • •

가장 행복한 날은 모의고사를 치는 날이었다. 모의고사 날은 온종일 시험만 칠 수 있어서 좋았다. 아침 먹고 국어 45문항 80분, 수학 30문항 100분, 점심 먹고 영어 45문항 70분, 또 사탐 40문항 60분, 제2외국어 30문항 40분까지 치고 나면 하루가 다 갔다. 모의고사만큼 하루를 빨리 보낼 수 있는 시험은 없었다.

순수하게 거의 여섯 시간을 계속 시험만 쳤다. 나는 여섯 시간 동안 행복해서 미칠 것만 같았다. 소리를 안 지르기 위해 입술을 꽉 물어야 했다. 재 또 소리 지른다고 반 애들이 놀릴 테니까.

190개의 문제를 하나하나 쓰러뜨리는 기분이었다. 이왕이면 열 문제쯤 더 풀면 좋겠다고 느낄 정도였다. 첫 번째 시험지를 받아 들면 손바닥이 간질거렸다. 제2외국어 마지막 30번 문제의 답을 마킹하고 나면 손이 후들거리면서 아쉬웠다. 어렸을 때, 놀이동산에서 집으로 돌아가기 위해 다시 정문을 나오던 기분이었다. 해는 어둑어둑해지고, 이제 시험이 다 끝났다는 것을 알면서도 집에 돌아가기는 싫고, 교문은 늘 자주색으로 보였다. 시험을 친 날은 새벽까지 잠이 오지 않았다.

• • •

시험의 세계는 끝이 없었다. 나도 처음에는 내가 시험을 좋아하는지 몰랐다. 시험에 빠져들었다는 사실을 알게 된 건, 책상 서랍에 수북하게 쌓인 자격증들을 보고 난 뒤였다. 어느 순간 서랍 안에는 내가 정말 이 자격증을 땄었는지 기억도 나지 않는 것들이 가득 있었다. ITQ OA Master, 한국사 자격증, 한자 자격증, DIAT, 워드 1급, 컴활 2급……. 토익이나 PELT, 한국사나 한자 자격증은 계속 도전할 수 있어서 좋았다. 만점을 받기 전까지는 끝이 없는 시험이었다. 어서 운전면허 시험도 치면 좋겠다. 시험을 치고 나면 무슨 자격증을 땄는지도 잊어버렸다. 자격증은 받자마자 서랍에 넣어 버렸다.

세상에는 수도 없는 자격증이 있었다. 심지어 정리 수납과 관련된 자격증도 있었다. 방 청소를 잘하는 방법과 주방을 체계적으로 정리하는 방법에 대해 필기와 실기 시험을 쳤다. 평생 공부가 아니라 평생 시험의 시대였다.

"나도 잘 모르겠어."

"없으면, 혹시 불안해?"

"생각 안 해 봤는데. 어, 불안하지 않다는 게 아니라 그런 생각 자체를 생각 안 해 봤어."

"무슨 자격증을 땄는지 기억은 해?"

수민이의 질문이 싫었다. 수민이는 쓸데없는 자격증을 대체 왜 따느냐고 물었다. 나도 이 자격증들이 어디에 필요한지 기억나지 않았다. 수민이는 하여간 대답하기 어렵고 싫은 질문만 했다.

• • •

천천히, 아주 천천히 풀었다. 너무 쉽게 답이 보이는 문제들이 많아서, 딱 절반만 풀었는데 시간은 20분밖에 지나지 않았다. 아직 따지는 못했지만, 시험에 대한 시험, 시험에 대한 자격증도 있는데, 그 자격증 문제집에 따르면 시험은 평균 70점에서 80점이 나오게 설계하는 것이 이상적이라고 했다. 그래서 기본적으로 깔아 주는 쉬운 문제가 있을 수밖에 없었다. 심한 경우 문제를 눈으로 읽기만 해도 바로 답이 보였다. 쉬운 문제는 답이 바로 보여서 기쁘지만, 오랫동안 풀 수 없어서 아쉬웠다.

샤프심이 부러졌다.

똑, 똑, 똑.

샤프심이 또 부러졌다.

똑, 똑.

• • •

수민이나 연우나 바보 같았다. 뭐가 중요한지도 모르는 멍청이들. 그 시간에 한 문제라도 더 풀면 좋을 텐데. 아무리 봐도 둘은 답이 없는 싸움을 하고 있었다. 그냥, 싸우기 위해서 싸우는 것 같았다.

둘은 툭하면 싸웠다. 수민이가 먼저 시비를 걸거나, 연우가 먼저 신경을 긁었다. 싸우고도 금방 화해해서 가끔은 누가 언제 화해를 청했는지도 모르고 넘어갔다.

"싸워야 할 때가 있는 거야."

"맞아."

수민이와 연우의 목소리가 구분이 되지 않았다. 나는 누가 잘못했는지 가려지지 않는 싸움이 지겨웠다. 수민이와 연우는 꾸준하게, 정기적으로, 항상 싸워 댔지만, 나는 한 번도 걔들과 다투지 않았다. 조금씩 수민이와 멀어지고, 연우와 연락하는 횟수가 줄어들고, 셋이 만났을 때 무슨 말인지 알아듣지 못하는 상황이 많아졌다. 나는 누가 잘못했는지 가려 주고 싶었는데 정작 당사자들은 싸운 이유를 금방 잊어버렸다. 확실하게 잘잘못을 가리고 화해해야 다음번에 같은 실수를 반복하지 않을 텐데.

• • •

알 듯하면서 모를 답이었다. **다음 중 가장 옳은 것은?** '가장'이 싫었다. 가장, 가장, 가장……. 다른 것보다 상대적으로 조금 더 옳은 게 답이었다. 다섯 개의 보기 중 하나를, 하나씩 지워야 했다.

하나씩 지우다 보면 꼭 그럴듯한 두 개의 답만 남았다. 나중에 채점해 보면 망설였던 두 개 중에 답이 있었다. 아슬아슬하게 틀렸다는 애들도 있었지만, 나는 출제할 때부터 그 두 개 중 하나를 고르는 문제로 설계되었다고 생각했다. 나머지는 처음부터 답이 아니었다. 처음부터 셋은 둘을 위해 있을 뿐이었다.

국어 선생님은 그나마 맞는 것을 고르라고, 100퍼센트인 정답은 없다고 했다. 정답이면 정답이지 가장, 그나마, 가까스로 정답인 게 어디 있냐고 투덜거리는 소리가 들렸다. 나도 동의했다. ①번과 비교해서 ②번이 정답이거나 ③번이 정답이 아니기 때문에 ④번이 정답일 수도 있지만 ⑤번도 무시할 수 없는 문제는 싫었다.

객관식이나 주관식이나 별반 차이가 없는 수학에 비해 국어는 객관식도 정답이 모호했다. 수민이와 연우가 나보다 국어를 잘하는 것도 이해할 수 없었다. 시험 준비는 분명히 내가 더 열심히 하는데, 문제는 걔들 둘 합친 것보다 내가 훨씬 더 많이 푸는데.

• • •

슬슬 힘들었다. 문제를 풀다가 깜빡 졸았다. 점심을 먹고 나니 아무래도 졸렸다. 역시 굶고 시험을 칠걸.

열심히 문제를 푸는 애들이 3분의 1, 아예 포기하고 자는 애들이 3분의 1이었다. 나는 나머지 3분의 1에 속했다. 연우는 편안하게 자고 있었다. 수민이는 머리를 긁적이면서 풀고 있었는데, 미웠다.

깜빡 졸았다가는 시험이 끝나 버릴지도 몰랐다. 오늘 시험이 끝나도 다음 시험이 있을 것이고, 다음 시험이 끝나도 그다음 시험이 있을 것이었다. 다음, 다다음, 다다다음, 다다다다음……. 교실은 따뜻했고 공기는 나른했다. 가끔씩 마른기침 소리만 콜록, 들리고 아무도 떠들지 않았다. 물걸레가 지나간 교실의 콘크리트 냄새가, 천장에서 떨어지는 마른 먼지 냄새가 났다. 목이 건조하고 기침이 터질 것 같았다. 갓 구운 빵 냄새가 났던 시험지에서는 아무 온기도 느껴지지 않았다.

• • •

더 깨물 손톱이 남아 있지 않았다. 참지 못하고 시험지 끝을 조금 뜯었다.

시험지 조각을 입에 넣고 천천히 씹었다. 귀퉁이가 찢어진 시험지는 귀가 잘린 것처럼 보였다. 처음에는 아무 맛도 나지 않던 시험지에서 조금 느끼한 맛이 올라왔다. 시험지의 끝을 조금 더 뜯었다. 그래 봤자 여백이었다. 문제를 푸는 데에는 아무 지장도 없었다.

시험지 조각이 침에 붇고, 침에 불은 조각은 입 속에서 뒹굴거렸다. 삼키기에는 아쉽고 계속 물고 있기에는 거북했다. 시험지 조각을 뱉고 싶었는데, 입 속에 침이 너무 많았다. 나는 시험지를 더 뜯어서 입에 넣었다.

입에서 침이 흘렀다.

시험지 때문에 자꾸 침이 나오고, 더럽게 손등으로 침을 닦고, 시험지를 어서 뱉어야겠는데 갑자기 교실 바닥에 퉤하고 뱉을 수도 없고……. 다들 각자의 시험을 치느라 아무도 나를 바라보고 있을 리는 없겠지만 어쩐지 부끄러웠다. 한 번도 학교에서 침을 뱉어 본 적이 없었다. 침을 훔친 손등이, 다시 침을 훔친 손바닥이 흥건했다. 교복에 손을 문질렀다. 다시 시험지를 뜯어 먹었다. 또 침을 흘리고, 다시 손바닥으로 입술을 훔쳤다. 찌익, 찍, 찍, 찍, 찍. 아무도 나를 쳐다보지 않았다.

• • •

손바닥에 시험지 조각을 뱉었다. 침에 붇고, 불었지만 여전히 종이는 종이였다.

나무를 꼭꼭 씹으면 종이를 만들 수 있을까.

"맛있니?"

선생님의 말에 모두 웃었다. 잠깐 웃었다가 다시 모두 각자의 시험에 집중했다. 선생님도 다시 교탁 옆 의자에 가서 앉았다.

의사는 시험지가 몸에 나쁘지는 않을 거라고 했다. 이왕이면 안 먹는 게 좋겠지만, 섬유질이기도 하니까, 과다하게 먹는 게 아닌 이상 괜찮다고, 섬유질이니 변비에 시달리는 수험생에게 좋을 수도 있다고 웃었다. 차마 의사 앞에서, 옆에 엄마도 있는데 문제집 한 권을 다 뜯어 먹은 적도 있다고 말하지는 못했다. 주로 국어 문제집을 뜯어 먹었다. 이미 나는 시험지를 뜯어 먹는 학생으로 전교에서 유명했다. 속이 자주 쓰리기는 했지만 배가 아픈 것은 견딜 수 있었다.

답안지를 내고 나면 당장 답부터 맞춰 보고 싶었다. 시험이 어려우면 한숨이 나왔고 시험이 쉬우면 짜증이 났다. 쉬우면 쉬운 만큼 다른 애들도 성적이 높았다.

이때 연우에게 같이 가자고 말하고 싶었다. 아무 말도 하지 않는다면, 수민이와 연우 둘만 같이 갈 게 뻔했다. 언젠가부터 수민이와 연우가 말없이 먼저 가는 날이 잦았다. 나는 그저 차분하게 객관적인 답만 말해 줬을 뿐인데. 한 번도 화를 낸 적도 없는데.

컴퓨터용 수성 사인펜 뚜껑을 닫았다. 다행히 시험지를 다 뜯어 먹기 전에 문제를 풀 수 있었다.

송 미 경 … 노래가 시작되고

한 주가 시작되었다. 유나는 1교시 쉬는 시간부터 나를 찾아 왔다.

"라미야, 체육복……."

"또 새엄마?"

"오늘 체육 하는 거 알고 일부러 세탁기에 넣어 놨어. 더럽지도 않은데."

유나가 말했다.

체육복을 입고 등교한 나는 유나와 화장실로 가서 옷을 바꿔 입었다. 어차피 나는 체육 수업이 4교시니까.

유나의 교복을 입고 교실로 왔을 때 재중이가 못마땅한 듯 나를 보았다.

"왜? 뭐가 불만?"

"김유나는 너 없으면 학교 어떻게 다녀? 준비물도 다 네가 챙겨 주잖아. 지난주에 컴퓨터용 사인펜을 안 가져왔다고 시험 시작 직전에 온 것도 황당했어. 그럼 넌 무슨 펜으로 쓰냐?"

"네가 빌려줬잖아, 난."

"내게 사인펜이 하나였다면 넌 어떻게 했을 건데? 그리고 너 그때 김유나한테 지우개 왜 반 잘라 줬어?"

"친구잖아."

"나는?"

"너는 당연히 내 남친!"

내가 웃으며 말했지만 재중이는 웃지 않았다.

"그 지우개 내가 사 준 거잖아. 지우개 싼 종이에 네가 좋아하는 그림도 내가 직접 그려서 붙여 준 건데."

재중이가 계속 눈을 깜빡거렸다. 화를 참을 때나 눈물을 참을 때 하는 행동이었다.

"미안, 그날 하필 유나네 새엄마가 필통을 빼앗아서."

유나의 교복은 내게 너무 꽉 껴서 숨을 쉬기도 불편했다.

"네가 유나 가족도 아닌데 왜 유나 새엄마 문제까지 신경 써?"

"친구잖아. 내가 아니면 유나에게 누가 있다고."

"유나에겐 유나가 있어."

재중이가 힘없이 말했다. 지난 토요일의 일 때문에라도 화낼 줄 알았는데.

토요일 이른 아침 유나가 집으로 왔다. 재중이의 생일이라 수목원으로 소풍을 가기로 한 날이었다. 재중이는 직접 도시락을 싸 온다고 했고 나는 생일 선물로 마린룩 커플 티와 커플 야구 모자와 셀카봉까지 준비해 두었다. 그런데 유나가 온 거다. 유나 아빠는 출장을 갔고 유나는 새엄마와 둘만 집에 남았는데 새엄마가 밤새 유나에게 욕을 퍼붓고 강제로 김치 국물을 마시게 했다는 것이다. 유나의 분홍 티셔츠엔 김치 국물이 얼룩져 있었다.

나는 우리 집 현관 앞에서 울고 있는 유나를 내 방으로 살짝 데려왔다. 일주일 내내 장거리 출근을 하는 엄마를 깨울 수도, 토요일 외엔 늦잠을 잘 시간이 없는 언니를 깨울 수도 없었다. 유나는 잠시 쉬었다가 아침에 독서실이 문을 열 무렵 독서실에 가겠다고 말했고 나는 어쩔 수 없이 내 침대에 유나를 눕혀 두고 외출 준비를 했다.

이따금 유나가 슬픈 표정으로 한숨을 짓거나 두 손으로 얼굴을 감쌀 때마다 나는 유나 앞에서 놀러 갈 준비를 한다는 게 불편했다. 유나는 포악스러운 천적에게 쫓기다 상처 입은 몸으로 찾아든 아기 새처럼 몸을 작게 말고 옆으로 누워 있었다.

나갈 준비를 끝냈을 무렵이었다. 들릴 듯 말 듯 하게 유나의 노래가 시작됐다. 유나의 노래를 들으면, 언제나 마음이 무너져 내릴 것만 같았다. 노래는 점점 작아지더니 사라졌고 가는 숨소리로 바뀌었다. 유나는 곧 손가락을 빨며 잠이 들어 버렸다. 유나의 잠든 모습을 보니 차마 깨울 수 없었다. 잠든 유나만 두고 나갈 수 없어서 난 재중이와의 약속 시간을 미뤄야 했다.

유나는 정오가 지나서 깼다. 수목원까지 가기엔 이미 너무 늦은 시간이었다.

"깨우지 그랬어, 라미야. 너 재중이랑 약속 있었잖아."

"괜찮아, 재중이는 부모님과 자주 놀러 다니잖아. 이번 방학 때도 호주 간대."

"재중이 생일인데, 나 때문에……."

"너네 새엄마 때문이지 왜 너 때문이야."

유나는 곧 눈물을 터뜨릴 것 같은 표정을 지었다.

"유나야, 배고프지?"

"아주 조금."

유나가 긴 머리카락을 쓸어 올리며 대답했다.

희고 여린 피부에 햇살이 닿자 유나의 모습은 반투명하게 느껴질 만큼 창백했다.

나는 유나에게 새 티셔츠를 꺼내 주었다. 언니가 얼마 전 학급 반 티로 맞췄던 건데 마음에 안 든다고 내게 준 거였다.

"마음에 들어, 이 티셔츠."

언니가 마음에 안 든다던 티셔츠는 유나가 입으니 아주 잘 어울렸다.

"그럼 그거 너 가져도 돼. 우리 언니가 준 건데 한 번도 안 입었어."

유나에게 점심을 챙겨 먹인 후 우린 함께 독서실 앞까지 갔다. 독서실이 전기공사로 쉰다는 걸 안 건 현관 앞에서였다.

"공지가 미리 붙어 있었는데 몰랐네."

"너 요즘에 재중이랑 저녁에 운동 다니느라고 안 왔잖아."

"그럼 넌 알고 있었어? 아니다 너도 몰랐으니 여길 왔겠지."

"응, 나도 몰랐어."

어쩔 수 없이 나는 재중이와 만나기로 한 영화관에 유나를 데리고 갔고 결국 우린 셋이 함께 영화를 봤다. 영화를 보는 내내 재중이의 표정이 어두웠다. 내가 팝콘 통을 재중이 쪽으로 몇 번 기울였지만 재중이는 그렇게 좋아하는 캐러멜 팝콘에 손도 대지 않았다. 마치 지금 화가 났다고 내게 알리려는 듯 보였다. 재중이가 어린애처럼 구는 모습을 보니 나는 짜증이 났다. 유나가 미안해할까 봐 종일 신경을 써서인지 결국 영화가 끝날 무렵부터 두통이 시작되었다.

"특별한 날 둘 사이에 껴서 영화를 봤으니 내가 노래방 쏠게!"

다행스럽게도 유나가 밝게 웃었다.

재중이는 억지로 끌려가는 표정이 역력했지만 안 간다고 하지는 않았다.

그리고 노래방에서 유나의 노래가 시작되었다. 학교 행사가 있을 때마다 유나는 반 대표로 나가서 노래를 했다. 유나는 중학교 때 걸그룹 멤버 제안을 받았다는데 새엄마의 반대로 기획사에 들어가지 못했다. 유나라면 질색을 하던 재중이도 유나의 노래 실력엔 꼼짝도 못 하는 눈치였다. 그렇게 재중이의 생일이 지나갔다.

"재중아, 이번 주에 우리 단둘이 수목원 가자. 정말."

내가 재중이의 체육복 소매 끝을 잡고 흔들었다.

재중이가 눈을 깜빡거렸다.

"저녁엔 한강에 자전거도 타러 가고. 응?"

"알았어."

내가 웃자 재중이가 못 이기는 척 대답했다.

"이번엔 라미 네가 도시락 싸 와."

"내가 여친표 12첩 반상의 진수를 보여 줄게."

재중이가 웃는 걸 보고, 나는 자리로 돌아왔다.

"이라미, 박재중, 교실에서 연애하는 것들! 세상에서 제일 나빠!"

교실 뒤에 걸린 거울 앞에서 앞 머리카락을 가위로 자르고 있던 혜리가 말했다.

"교실에서 앞머리 자르는 너는? 혐오 분위기 조성. 못생김력 폭발."

혜리는 아까부터 삐뚤어진 앞머리를 맞춰 자르느라 눈썹을 덮고 있던 머리카락이 점점 이마 위로 올라가면서 우스꽝스러운 모습이 되어 가고 있었다. 혜리는 앞머리를 손바닥으로 누르며 내게 다가왔다.

"망했어, 앞머리. 옥에 티."

"네 얼굴에 안성맞춤."

"내 미모니 이 정도. 라미 얼굴 상상 불가!"

우리는 늘 그렇듯 몇 마디 농담을 주고받았다.

"라미야, 유나는 집에서 아직도 그래?"

혜리가 목소리를 낮추는 바람에 나는 귀를 기울였다.

"새엄마?"

"아니, 걔네 오빠 말이야. 중학교 때 선영이가 유나 때문에 얼마나 신경을 많이 썼는데. 오빠한테 맞으면 선영이네 찾아가고 그랬잖아. 선영이 유나 도와주느라 피아노 레슨 빼먹어서 엄마한테 혼나고 그랬는데."

"오빠 이야긴 못 들었는데?"

"기숙사 고등학교 들어갔다더니. 하긴 말하기 좀 그럴 테지. 정말 집이 지옥이더라. 유나네 식구들은 하나같이 왜 그러냐?"

종이 울리고 수업이 시작되었다. 유나의 교복 스커트가 너무 짧아서 나는 수업 시간 내내 자세를 바꾸지도 못했다. 새엄마가 치맛단을 가위질해 놔서 할 수 없이 이렇게 짧은 교복 스커트를 입어야 한다고 울던 모습이 생각났다. 유나의 눈물방울은 어찌나 맑고 크던지 나는 가방에 들어 있던 구겨진 티슈 몇 장을 꺼냈다가 건네지도 못했었다. 유나는 얼마나 불편했을까. 차라리 교복 치마를 하나 다시 구하는 건 어떨까? 구민회관에 졸업생들이 기증한 교복이 걸려 있었던 게 생각났다. 유나는 날씬해서 웬만한 사이즈라면 다 맞을 거다.

저녁에 집에 와서 컴퓨터를 켜고 유나 홈페이지에 접속했다. 최근 새로 녹음한 곡이 세 곡 올라와 있었다. 그리고 이런 글이 쓰여 있었다.

Special thanks to
언제나 내 편, 라미
언젠가 내 편, 재중
여전히 내 편, 선영에게
이 곡을 바칩니다.

마침 유나의 노래를 듣고 있을 때 혜리에게서 전화가 왔다.

"라미야, 김유나 홈피 들어가 봤어?"

조금 흥분한 톤이었다.

"응. 정말 유나는 노래를 어쩌면 이렇게 잘 부르니."

"야, 그거 말고. 재중이가 왜 언젠가 유나 지 편이야."

"어?"

"넌, 재중이 여친이면서 신경 안 쓰여?"

"재중이가 유나 마음에 안 들어 하니까 유나가 사이좋게 지내자는 뜻으로 그런 거겠지. 그게 왜?"

재중이가 눈치를 줄 때마다 유나에게 나는 늘 미안한 마음이었다. 마음도 여린 애가 나 때문에 참는 것 같아서였다.

"여하튼 뭔가 이상해. 조심해라. 유나 어쩐지 여우 짓 하는 것 같아. 내가 이 말은 할까 말까 고민했는데, 선영이 말이야, 남친이랑 유나 때문에 끝났었어. 선영이 남친 생일파티에 유나가 노래를 불러 줬는데……."

"아직도 유나랑 선영이랑 친하잖아."

나는 혜리의 말을 더 듣지 않기 위해 말을 끊었다.

"처음엔 선영이 남친 탓으로 생각했는데 아까 딱 홈페이지 글을 보는 순간……."

"그만해, 혜리야. 네 이름 없어서 좀 서운했겠지만."

내가 말했다.

"라미 너 말 그렇게 하는 거 아니다. 내가 내 이름 빠졌다고 서운해서 없는 말이라도 지어낸다는 거야? 나는 친구도 아니니?"

혜리가 전화를 끊어 버렸다.

유나의 노래가 계속 들려왔다. 노래를 부르거나 기타를 연주하는 유나의 사진이 홈페이지 메인 화면에 일정한 간격을 두고 바뀌었다.

그날 밤 잠에서 깬 건 유나에게서 온 톡 때문이었다.

—라미야, 나 지금 토했어. 저녁에 새엄마가 또 빈속에 김치 국물을 잔뜩 마시게 했어…….

깊은 잠이었고, 오랜만에 아주 달게 자고 있었는데, 유나의 톡을 보니 정신이 번쩍 들었다.

—아빠 안 계셔? 위장약은 먹었고?

—응. 그리고 약은 이렇게 아플 땐 소용없잖아.

—어쩌지?

내가 울고 있는 강아지 이모티콘을 보냈다.

—새엄마가 오늘은 왜?

—내가 공부하는 거 보고 화가 나셨어. 괜찮아. 책은 안 뺏겼으니.

유나는 언제나 괜찮다고 말했다.

—아픈데 뭐가 괜찮니?

—라미야, 나 힘들어. 조금 졸리고.

유나가 졸고 있는 사람 이모티콘을 보냈다. 우린 잠시 꽃다발이나 하트 모양의 이모티콘을 주고받았다.

—진짜 졸려, 라미야.

—그래그래, 어서 자.

유나와 톡을 마치고 휴대폰을 껐지만 잠이 오지 않았다. 목이 말라서 주방으로 갔다. 정수기에서 떨어지는 물줄기를 보고 있다가 정신을 차려 보니 어느새 물이 컵에서 흘러넘쳐 내 발에 떨어지고 있었다. 머리가 지끈거리기 시작했다. 나는 정수기 아래 싱크대 상비약 서랍을 뒤적거렸다. 두통약은 빈 껍질만 남아 있었다. 다시 거실 서랍 깊은 곳까지 뒤적거린 뒤에야 아홉 알이 빠져나가고 한 알만 남은 약을 찾아냈다. 물을 마시고 약을 삼키며 나는 유나가 괜찮을까 생각했다. 유나 엄마는 유나가 아프다는 걸 알면 오히려 화를 낼 텐데.

새벽 3시였다. 언제부터인가 나는 한번 깨면 다시 잠들지 못한다. 특히 유나가 아픈 밤에는 더욱 그렇다. 왜 유나는 꼭 새벽 3시경에 저렇게 아픈 걸까. 혜리 말대로 지옥 같은 집에서 몸을 웅크리고 떨고 있을 유나 생각을 하니 마음이 진정되지 않았다.

가끔은 휴대폰을 꺼 놓고 깊이 자고 싶지만 지난달에 그 일이 있은 뒤 나는 불안해서 그러지 못하게 됐다. 유나에게 무슨 연락이라도 올까 봐 마음이 놓이지 않았다.

그 일은 새벽에 일어났다. 유나의 새엄마가 폭우가 쏟아지는 밖으로 유나를 내쫓은 거다. 유나가 방에서 노래를 불렀기 때문이라고 했다. 유나는 옷이 흠뻑 젖어서 내게 연락했지만 나는 휴대폰이 방전된 채 깊은 잠에 빠져 있었다. 유나는 그날 24시 패스트푸드점에서 에어컨 바람에 떨다가 학교에 왔다. 나는 하루 종일 미안한 마음에 쉬는 시간마다 유나의 교실을 들락거렸다. 유나는 내가 갈 때마다 책상에 엎드려 기침을 하고 있었다. 결국 유나는 조퇴를 했고 다음 날은 아파서 학교에 나오지 못했다. 집에 찾아가고 싶어도 유나네 새엄마가 겁나서 가지 못했다. 친구가 찾아오면 그날 밤 유나를 괴롭힌다는 말이 생각나서였다.

그때 톡이 울렸다. 열어 보지 않아도 유나였다. 밤에 이런 톡을 보낼 친구는 유나밖에 없다.

—라미야, 나 아직 잠이 안 와.

—눈 감고 가만히 누워 있어.

—나 때문에 깼어?

—아냐, 나도 잠이 안 와서 안 자고 있었어.

—우리 아침에 만나서 모닝 세트 사 먹을까? 머핀 사이에 베이컨과 토마토.

—맛있겠다.

유나가 활짝 웃는 이모티콘을 보냈다. 그제야 마음이 놓이더니 몸이 무거워지기 시작했다.

나는 머리맡에 휴대폰을 두고 잤다. 단체 톡 알림은 꺼 두고 오직 유나의 톡에만 알림을 켜 두었다. 유나를 도와줄 사람은 나밖에 없었다. 유나의 노래를 들어 줄 사람도.

엄마와 언니가 깨지 않은 이른 시간 유나네 아파트 단지로 갔다. 밤새 시달렸을 유나를 생각하니 마음이 조급했다. 너무 일찍 도착한 나는 벤치에 앉아 이어폰을 끼고 유나의 노래를 들었다. 멍하니 음악을 듣는 사이 등교 시간이 지나 버렸다. 아무리 기다려도 유나가 나오지 않아서 나는 톡을 보냈다.

—설마, 안 일어났어?

답이 없었다. 전화를 걸었다.

"나 지금 깼어."

"지각이네, 얼른 나와."

"오늘 선배들 합창대회, 내가 축하공연 하잖아. 머리도 감아야 해."

"몸은 좀 괜찮아? 속은 어때?"

"잘 모르겠어. 몸이 무거워. 라미야, 학교 먼저 가. 늦겠다."

전화를 끊고 가방에서 책을 꺼냈다. 관자놀이가 욱신거려서 책이 눈에 들어오지 않았다.

날이 흐리고 늦여름의 나뭇잎들이 묵직하게 몸을 뒤척거리고 있었다. 새벽이 되도록 다시 잠들지 못하고 뒤척이며 유나의 노래만 반복해서 들은 탓인지 문득 몇 곡의 노래가 뒤섞여 귀에 웅웅거렸다. 눈을 감고 고개를 좌우로 비틀자 삐그덕거리는 소리가 났다.

나는 고개를 들어 나뭇잎이 겹쳐 있는 부분들을 보았고 이따금 벌레가 파먹은 나뭇잎을 자세히 보았다. 그 나무 이름은 아무리 생각해도 기억나지 않았다. 원래 모르는 나무인지도 모른다는 생각이 들었다. 휴대폰으로 시계를 보면 마음이 초조해질 것 같아서 나는 나무 아래를 빙빙 돌며 머리를 지압했다. 두통약을 가지고 오지 않은 걸 후회했지만 곧 집에 약이 없었다는 게 생각났다. 유나에게 집에 두통약이 있으면 가지고 나오라고 톡을 할까 생각하다가 나는 조금 망설였다. 내가 기다리는 걸 알면 부담스러워할 것 같아서였다.

창을 올려다보았다. 유나 방 창문이 열려 있고 커튼이 조금 나부꼈다. 이미 1교시가 끝나 가고 있었다. 나는 집중이 되진 않았지만 진도에 맞춰 책을 읽으며 유나를 기다렸다. 곧 시험인데 유나는 시험 범위가 어디까지인지도 관심 없겠지.

잠시 후 유나가 나왔다. 아주 천천히.

"유나야! 속은 좀 괜찮아?"

"너 아직 학교 안 갔어?"

유나가 그렇게 말하는 순간 무언가 쇠가 긁히는 듯한 소리가 오른쪽 귀에서 왼쪽 귀로 천천히 뚫고 지나갔다.

"이 소리 뭐야?"

"무슨 소리?"

어느 날부터 나는 종종 알 수 없는 소리를 듣곤 한다. 그 소리는 자세히 들으려고 하면 멈추고 한동안 들리지 않다가 어느 날 갑자기 다시 찾아온다.

"쇠 긁히는 소리 같기도 하고 철로 위로 무언가 스치고 지나가는 것 같은 소리. 어, 지금 또 그래. 네가 요즘 올린 곡의 반주 부분 같기도 하고."

"그런 소리는 안 들려."

한산한 등굣길을 유나와 함께 걷고 있으니 두통이 조금 가라앉는 기분이었다.

"아, 나 기타 안 가지고 왔어. 아까 엘리베이터 앞에서 운동화 끈 다시 묶는다고 현관문에 기대 놨는데. 엄마가 보면 큰일이야."

교문 앞까지 와서야 유나가 말했다.

"내가 달려갔다 올게. 넌 어제 아팠잖아."

"아니야, 내가 갈래. 그러다가 네가 우리 새엄마라도 만나면 너무 놀랄 거야."

"내가 살짝 가지고 올게. 그건 걱정 마."

유나는 대답을 망설였다.

"유나야, 너 2교시는 수학이야. 수학 샘은 수업 중간에 들어오거나 숙제 안 해 오면 난리 나잖아. 교실에 들어가 있어. 내가 가지고 있다가 쉬는 시간에 줄게."

"아, 맞다. 공포의 수학 샘. 그럼 부탁할게."

유나의 대답이 끝나기도 전에 나는 힘껏 달리기 시작했다. 발을 땅에 내디딜 때마다 머리가 둥둥둥 울렸다. 그래도 유나가 보고 있다는 생각에 멈춰 설 수 없었다. 달리면 달릴수록 두통이 심해졌다. 유나네 동 앞에 도착한 뒤에야 나는 계단 난간을 붙잡고 멈춰 섰고 갑자기 헛구역질이 올라왔다. 빗방울이 목덜미로 떨어지는 것 같았지만 얼굴을 들어 보면 비가 내리지 않았다.

내가 유나를 처음 만난 건 빗속에서였다. 우린 중3이었고 같은 학원에 다니고 있었다. 유나는 선영이와, 나는 혜리와 우산을 함께 쓰고 있었다. 소나기 때문에 그날 아이들은 대부분 그렇게 두셋씩 짝을 지어 우산을 받쳐 들고 있었다. 우산 아래에서도 유나의 검은 눈동자는 사슴처럼 반짝거렸다. 우아하고 쓸쓸한 표정이었다. 나는 이제까지 내 또래들에게서 그런 표정을 본 적이 없었다. 나는 선영이와 이야기를 나누고 있었지만 유나를 계속 흘끔거렸다. 유나는 또렷한 눈동자로 나를 보았다. 인사를 나누지는 않았지만 나와 유나는 그 후 학교에서 마주칠 때면 서로를 잠시 지켜보곤 했다. 얼마 후 선영이는 내게 유나를 소개시켜 주었다.

"몇 달 전 전학 온 김유나. 완전 천사. 라미 너, 음악 많이 듣잖

아. 유나 노래 들으면 진짜 좋아할 것 같아."

선영이의 소개에 유나가 긴 머리를 쓸어 넘기며 수줍게 웃었다.

우리는 같은 고등학교에 입학하고 나서 조금 더 친해졌다. 집이 같은 방향이라 함께 올 일도 많았고 어느 날부터 영어 학원도 같이 다니고 독서실도 같이 다니게 됐다.

나는 잠깐 계단에 주저앉았다. 거대한 힘이 뇌를 세게 쥐었다가 놓는 느낌이었다. 일어서는데 몸이 비틀거렸다. 언제부터인지 꼽을 수 없지만 한번 시작된 두통은 계속됐고 요즘은 더욱 심해졌다.

어제는 6교시 시작 전에 머리가 아파 와서 재중이가 함께 보건실에 가 주었다. 보건실에서 약을 먹고 나오는데 재중이가 내게 말했다.

"김유나 때문에 네가 기가 빨려서 그래. 점심시간에 김유나가 콩나물국 쏟았을 땐 어떻게 알고 달려갔다 온 건데?"

"걔네 반 애들이 알려 줬어. 나는 유나 화상 입은 줄 알고 얼마나 놀랐는지 몰라."

"걔네 반 애들도 웃긴다. 콩나물국 쏟았으면 보건실 데려가야지. 왜 널 불러? 그리고 우리 급식이 펄펄 끓는 국도 아니고 조금 식어서 나오는데."

재중이는 눈을 깜빡거리다가 다시 말을 이었다.

"그러니까 네가 김유나 때문에 지금 머리 아픈 거라고!"

"어떻게 두통이 유나 때문이야?"

"내가 네 남자친구인데 그걸 모르냐? 네가 김유나랑 다니면서 두통이 시작된 거라고."

"그렇게 따지면 네가 작년 여름부터 못생겨졌으니까, 내 두통은 못생겨진 남친 때문에 생긴 거겠네."

"농담이 아니라니까."

"나도 농담 아님. 네 얼굴 어쩔 거야. 여드름은 둘째치고 턱이 자라고 있어."

"농담하지 말고."

"농담 아니라니까."

"넌 김유나가 오지 않는 날은 더 안절부절못하잖아."

재중이가 눈을 다시 깜빡거리기 시작했다.

"화 풀어. 재중아, 유나는 내 친구야. 그러니까 네가 조금 이해해 줘."

재중이는 몇 번 숨을 내쉬며 하려는 말을 정리하는 듯했다.

"어쨌든 난 김유나가 네 옆에 있는 게 싫어."

"재중이 넌 좋은 환경에서 하고 싶은 거 다 하면서 잘 살잖아. 부모님께 사랑도 많이 받고. 마음이 왜 이렇게 너그럽지 못해? 이런 일로 질투할 때마다 나도 짜증 나."

그동안 스쳐 갔던 생각이 한꺼번에 쏟아져 나왔다. 말을 한 뒤에야 나는 조금 내가 과했다는 생각이 들었다. 무언가 할 말을 찾지 못해 인상을 찌푸린 나를 재중이는 말없이 바라보았다. 그리고 혼자 계단을 뛰어 올라가 버렸다.

"얘, 무슨 일이니? 괜찮아?"

"네. 괜찮아요."

낯선 아줌마의 목소리에 대답은 했지만 고개를 들 수 없었다.

"우리 딸이랑 같은 학년이구나."

아줌마는 내 교복에 달린 붉은 이름표를 보고 말했다. 나는 대답할 힘도 없어서 난간을 붙잡고 몸을 틀었다.

"많이 힘들어 보이는데 어디가 아픈 거야? 다친 거니?"

"만성 두통이에요. 괜찮아요."

그때 아줌마가 메고 있는 기타 가방이 보였다. 손잡이에 내가 달아 준 리본 고리까지. 나는 그제야 아줌마의 얼굴을 보았다. 희고 고운 피부에 핏기 없지만 도톰한 입술까지, 아줌마는 유나의 엄마가 분명했다. 하지만 유나는 새엄마와 산다고 했는데……. 그럴 리가 없어. 한 계단 올라서려는데 눈앞이 하얘졌다. 내가 머리에 손을 짚고 잠시 눈을 깜빡거리자 아줌마는 내 팔목을 잡았다.

"병원엘 가야 할 것 같은데, 엄마한테 전화해 줄까?"

"제가 할게요."

나는 간신히 말을 이었다.

"전화기 있니?"

아줌마의 목소리가 귀에 윙윙 울리다가 다시 쇠 긁는 소리가 시작되었다. 그러더니 이어폰도 끼지 않은 내 귀에서 유나의 노래 도입부의 전주가 또렷하게 울렸다.

"내가 일단 우리 딸 기타 가져다주고 올게. 잠깐만 앉아 있어. 응?"

나는 아줌마 말이 아니라도 계단에 주저앉아야 했다. 몇 번 헛구역질이 올라왔고 머리에 압박감이 더 심해졌다.

그때 톡이 울렸다.

—라미야, 나 먼저 교실 들어왔어. 고마워. 이따가 봐.

유나였다. 나는 웃고 있는 이모티콘으로 답을 대신했다.

그제야 언니에게 온 문자들이 보였다. 언니네 반 합창대회가 오늘인데 반 티셔츠를 못 찾았다는 내용이었다. 나는 우선 부재중 전화를 열한 통이나 한 엄마에게 전화했다.

"라미, 너 언니가 줬던 반 티 어디 둔 거야? 전화는 왜 지금 하니?"

신호음이 울린 것 같지도 않은데 엄마의 다급한 목소리가 들려왔다.

"언니 티셔츠 어디다 뒀어? 너는 학교는 왜 말도 안 하고 그렇게 일찍 갔어? 반 티는 서랍을 다 뒤져도 없고."

유나의 노래 후렴구가 엄마 목소리와 뒤엉켜 빠른 비트로 관자놀이를 두드려 댔다.

"머리가 아파, 엄마."

"보건실 가서 두통약 먹어. 그러고 나서 선생님께 말씀드리고 집에서 반 티 찾아다 3교시까지 언니네 교실에 가져다줘."

굵은 빗방울이 하나둘 얼굴 위로 떨어졌다. 빗방울조차 아프게 느껴졌다.

"언니가 그거 마음에 안 든다고 나 준 거야. 내 잘못 아니야."

나는 간신히 말을 이었다.

"어쨌든 언니가 합창대회 지휘자니까 입어야 하잖아. 아침에 네 언니 동동거리다가 학교 갔어."

유나에게 빌려줬단 말이 입에서 나오지 않았다.

"어서 대답해. 그래야 엄마가 마음 놓고 회의 들어가지."

"알았어."

"그래 우리 딸 착하지. 보건실에서 두통약 꼭 챙겨 먹어. 엄마 라미만 믿고 지금 회의 들어간다."

엄마는 서둘러 전화를 끊었다.

나는 유나에게 전화를 걸었지만 전화를 받을 수 없다는 안내가 흘러나왔다. 교실에 도착한 유나가 전원을 꺼 버린 듯했다. 이제 톡을 보내도 확인할 수 없을 테고 나는 할 수 없이 학교로 몸을 움직였다. 다음 쉬는 시간에 유나를 찾아가서 티셔츠 이야기를 해야 할 텐데 유나가 다시 집까지 다녀올 수 있을까? 유나네 새엄마가 알면?

빗방울이 촘촘하고 빠르게 얼굴을 때렸다. 그때 유나를 꼭 닮은 그 아줌마가 왔다.

"집에 전화는 했니?"

"네."

"병원엘 데려다줄까?"

"이 정도는 괜찮아요."

내가 머뭇거리자 아줌마가 말했다.

"나 2학년 3반 김유나 엄마야. 삼일빌딩 2층 알지? 거기에서 미술 학원 운영하고."

뭐가 어떻게 된 건지 생각할 틈 없이 빗줄기가 세졌고 메스꺼운 느낌이 밀려왔다.

"저 유나랑 친해요."

"그래? 유나에게 친한 친구가 있다니 너무 반갑다."

"제가 유나한테 언니네 반 티를 줬는데 그게 오늘 필요해요. 언니가 합창대회를 하는데 그걸 입어야 해서요."

"흰 날개 그림 그려져 있는 핑크색 티셔츠 말하는 거니?"

빗줄기가 더욱 거세졌다. 귓가에 웅웅거리던 유나의 노랫소리를 빗소리가 삼켜 버렸다. 아줌마의 목소리도 잘 들리지 않았다. 나는 주춤거리며 아줌마를 따라 집으로 들어갔다.

아줌마는 내게 흰 타월을 쥐여 주고 거실 슬리퍼를 내주며 자신의 몸을 닦았다.

"종종 놀러 오지 그랬니? 친구가 없는 줄 알았어."

집에 친구를 데려올 수 없다던 유나의 목소리와 아줌마의 목소리가 겹쳐서 들려왔다.

나는 처음 와 보는 유나의 집을 둘러보았다. 적당히 정리가 된 집이었다. 유나가 말한 결벽증에 난폭한 새엄마의 흔적은 보이지 않았다. 하지만 유나가 거짓말을 했을 리는 없다. 나는 두 손으로 머리를 감쌌다.

"지금은 어떠니?"

"토할 것 같아요."

"유나 방에서 옷부터 갈아입자."

마지못해 나는 아줌마를 따라 유나의 방으로 들어갔다.

드라마에나 나올 듯한 공주님 방이었다. 여러 대의 기타와 좋은 건반과 스피커가 놓여 있고 유나의 사진들이 걸려 있었다. 침대도 없이 웅크리고 누워야 하는 옷방 생활이라는 유나의 말이 생각났다. 유나의 침대 위에는 고양이 인형들이 크기별로 놓여 있었다. 그리고 발코니 쪽에 꽤 큰 인형의 집이 보였다. 높이 1미터 가량의 원목으로 만들어진 인형의 집에는 방마다 어울리는 가구들과 화분 모형까지 놓여 있었다. 정원으로 이어지는 테라스에는 야외 테이블과 파라솔이 있었고 파라솔 아래에는 남녀 인형 한 쌍이 의자에 앉아 한가롭게 차를 마시며 쉬고 있었다.

"우리 딸이 가장 아끼는 거야. 넌 저런 거 안 가지고 놀지? 애가 아직 어리광이 심해. 혼자 자라서 그런지."

아줌마가 웃었다. 목련이 피어나는 모습처럼 맑은 표정이었다.

"오빠는 없나요?"

"오빠? 외동딸이야."

"아, 맞아요. 외동이죠."

나는 간신히 긴 숨을 내뱉었다. 유나의 말대로라면 아줌마는 유나가 수집해 온 인형을 유나 눈앞에서 불사르는 지독한 새엄마여야 했다. 혜리 말대로라면 유나를 괴롭히던 오빠는 기숙학교에 가 있어야 할 테고.

아줌마는 옷장을 뒤적거리며 옷을 꺼내느라 몸을 돌리다가 인형의 집 파라솔 옆에 서 있는 인형을 건드려 떨어뜨렸다.

"어머나, 라미 씨, 미안."

아줌마가 인형을 주워 들며 이야기하더니 머리카락을 몇 번 쓰다듬어 주고는 제자리에 세웠다.

"그 인형 이름이……."

"우리 딸이 지었어. 친절한 라미 씨, 친절한 라미 씨는 뭐든 요구하면 웃으며 다 들어주는 인형이래. 아 그러고 보니 네 이름도

라미, 맞지? 이름표를 보고 이름이 같구나 생각했어."

"전 이라미예요."

아줌마가 내게 우리 학교 교복을 내밀었다.

"유나가 입학한 지 얼마 안 되어서 치마를 짧게 줄여 왔는데 어지간해야지. 학교에서 친구들이 잘랐다는 거야. 너무 짧아서 한 벌 더 사 왔어. 그런데 입질 않더라고. 어차피 또 애들이 치마를 자를 거라면서."

나는 아줌마가 건넨 새 교복을 받아 들었다. 편하게 입기 좋은 사이즈였다.

"이거 맞지?"

아줌마가 곱게 접힌 언니의 반 티도 찾아내서 유나의 책상에 올려 두었다. 나는 인형의 집에서 눈을 뗄 수 없었다.

"다른 인형도 이름이 있어요?"

"정원에서 호스 들고 있는 애는 어리숙한 선영 씨, 그 뒤엔 경쟁자 혜리 씨, 이 공주님 인형이랑 앉은 왕자님은 듬직한 재중 씨. 어머나, 비가 왜 이렇게 거세니?"

아줌마가 창밖을 보며 말했다.

갑자기 속이 뒤집어지더니 무언가 울컥하고 올라왔다. 나는 아줌마가 준 유나의 교복을 침대 위에 던져 두고 욕실로 달려갔다. 속 깊은 곳에 쌓여 있던 것들이 다 쏟아져 나왔다. 빗줄기처럼 세게. 변기 레버를 내리고 토사물이 구멍으로 휘말려 들어가는 것을 보고 있을 때 다시 구역질이 올라왔다. 더 이상 토해 낼 것이 없는데도 몸은 있는 힘을 다해 안에 있는 것을 위로 끌어 올렸다. 결국 위액까지 다 토해 낸 뒤에야 나는 변기를 붙잡고 그 자리에 쓰러졌다.

몇 번 노크 소리가 들린 것도 같았다. 토하는 동안 두통은 더 심해졌다. 일정한 간격을 두고 무언가 거대한 힘으로 짓누르거나 두들겨 대는 듯한 느낌이었다. 나는 몸을 일으켜 세면기에 몸을 기대고 간신히 얼굴을 씻고 입을 헹궜다.

그제야 노크 소리가 또렷이 귀에 들어왔고 내 이름을 부르는 소리가 들려왔다.

"라미야, 괜찮니? 괜찮아?"

"안 괜찮아요."

나는 들릴 듯 말 듯 중얼거렸다. 그 말은 유나의 노래 가사이기도 했다. 지금 나는 하나도 괜찮지 않다. 유나도 하나도 괜찮지 않았겠지. 욕실에 걸린 유나의 칫솔과 양치 컵을 보는데 눈물이 왈칵 쏟아졌다. 귀여운 고양이가 그려진 유나의 양치 컵으로 입을 헹궈 내고 세면기에 고개를 잠시 묻었다. 귀에서 어지러운 전주가 들려왔다. 속이 조금 가라앉으며 두통도 잦아들었다. 나는 세면기를 붙잡고 거울을 보았다. 여전히 내가 들어 주어야 할 유나의 노래가 다시 부드럽게 귀에 들려오기 시작했다.

너는 다시 눈을 감고 오네
다시 깊은 곳으로 들어와
내 노래를 기다리네
어두운 곳에서 노래가 시작되고
길이 끝나는 곳에서 노래가 시작되고
잠들지 못하는 밤에 노래가 시작되고
내 노래의 끝은 너에게 있네

오 문 세 … 공기 중독자들

교실이 아침부터 시끄럽다.

문을 열고 들어서자마자 묘하게 들떠 있는 분위기를 알아차린다. 무슨 일이야, 하고 자리에 앉으며 옆의 녀석에게 묻는다. 옆의 녀석은 약간 조울증 같은 게 있는 놈이라 기분에 따라 내 말을 무시하기도 하고 기꺼이 대꾸해 주기도 한다.

지금은 기분이 좋은 모양이다. 옆의 녀석은 이쪽을 보고 슬쩍 고개를 까딱이더니 반장이 압축 캔 신상 가져왔대, 하고 짧게 입을 연다. 압축 캔 신상? 나는 왠지 못마땅한 심정으로 아이들이 몰려 있는 반장의 자리를 힐끗 본다.

반장이 손에 쥐고 아이들을 향해 흔들어 대는 물건은 손바닥보다 조금 큰 크기의 깡통이다. 몇 개월 전부터 새별에서 지겹게 광고해 대던 물건이 분명하다.

기존의 압축 캔이 두어 달 정도의 용량을 담고 있었던 반면 이번에 나오는 건 딱 한 달 정도의 양밖에 들어 있지 않다. 기업의 이익보다 사람을 먼저 생각하는 새별에서는 고객님들께 보다 특별한 공기를 제공하기 위해서, 라고 TV광고 속의 아이돌 가수가 설명했던 기억이 난다.

엄마는 지난주부터 난리였다. 공기 대여점에 전화를 걸어 언제쯤 신상품으로 교체 가능하냐고 수천 번은 물었다. 공기가 다 똑같지. 부담스러운 금액이 박힌 청구서를 구기며 아빠가 말했다.

당신은 그러니까 안 되는 거야. 엄마는 눈살을 찌푸리며 괜히 내 머리를 쓰다듬었다. 공(公)공기 질이 얼마나 나쁜지 알아? 대기업 공기 들여오면서 우리 애 성적이 얼마나 올랐는데.

엄마의 말은 사실이기도 했고 아니기도 했다. 나는 가만히 있었다. 공기에 대한 이야기가 나오면 집안은 늘 험악하게 돌아갔다. 괜히 나까지 보탬이 될 이유가 없었다.

이거 다 상술이야. 공공기나 다른 공기나 별 차이 없다고. 쉿쉿, 뱀 소리를 내며 공기를 뿜어내는 공기 박스를 발끝으로 걷어차며 아빠가 말했다. 엄마는 기겁을 했다. 아니, 왜 애꿎은 기계한테 화풀이야? 공기가 왜 차이가 없어. 당신은 동생 그렇게 되는 거 보고도 그런 소리가 나와?

엄마는 기어코 삼촌을 입에 담아서 아빠를 화나게 했다. 나는 한숨을 내쉬었고, 아빠는 구긴 청구서를 신경질적으로 찢었고, 엄마는 개의치 않는 표정으로 공기 박스가 잘못되지 않았는지 살폈다.

압축 캔이 출시되었다는 건 오늘이나 내일쯤 공기 대여점의 직원이 집으로 온다는 걸 의미한다. 엄마는 세 달에 한 번씩 점검차 찾아오는 직원 아줌마를 자기 심복처럼 부렸다. 최근에 생산

된 공기로만 주입해 달라, 농도를 더 높여 달라, 확산 속도를 개선해 달라. 엄마의 요구에 끌려다니느라 다른 집보다 몇 배는 더 고생했을 게 뻔한 직원 아줌마는 우리 집에 오는 걸 그리 달가워하지 않았다. 우리 집에 오는 걸 그리 달가워하지 않는 사람을 맞이하는 내 입장도 그리 달갑지는 않다.

책상 옆에 가방을 걸어 놓고 창가로 걸어가 살짝 문을 연다. 정부가 생산해서 하루 종일 뿌리는 공공기는 연한 갈색을 띠고 아지랑이처럼 허공을 떠다닌다. 다른 좋은 색이 많은데 왜 하필 갈색일까.

공공기 너무 많이 마시면 좋지 않아. 엄마는 말했다. 딱 보기에도 해로워 보이잖아.

아이들의 성화에 못 이겨 반장이 개봉한 압축 캔에서는 초록빛을 띤 대기가 스멀스멀 기어 나온다. 지난번에 출시되었던 건 파란색이었다. 브랜드명은 아쿠아 블루. 이번 거는 포레스트 그린. 하여간 짜 맞추는 건 잘한다.

예전에는 공기를 생산하는 기업이 여럿 있었다고 들었다. 그러나 지금은 오직 정부와 새별만이 공기를 만든다. 몇십 년째 갈색의 공공기만 배포하는 정부와 달리 새별은 몇 년 단위로 새로운 공기들을 끊임없이 개발해 냈다. 이번 공기는 머리를 맑게 하고 집중력을 향상시키는 효과가 있습니다. 이번 공기는 폐의 기능을 회복하고 구취를 없애 주는 효과가 있습니다. 이번 공기는,

이번 공기는.

그런 식이었다.

야, 문 닫아. 압축 캔 땄잖아. 아이들 몇 명이 이쪽을 향해 짜증스러운 비난을 보낸다. 나는 어어, 하고 내가 듣기에도 멍청하게 들리는 대꾸와 함께 창문을 닫는다. 칙칙한 갈색으로 뒤덮여 있던 대기가 조금씩 초록으로 물들어 간다.

좋다. 들쑥날쑥 아이들이 떠드는 소리가 들린다. 그러게. 나도 엄마한테 집 공기 바꾸자고 해야겠다. 관둬라, 이게 얼마나 비싼 건데. 그게 무슨 상관? 아들이 모처럼 좋은 공기 맡으며 공부하겠다는데. 너 공부 안 하잖아 새끼야.

그리고 약속이나 한 것처럼 울리는 웃음소리. 한심한 놈들. 옆의 녀석이 중얼거린다. 그새 기분이 안 좋아졌나 보다. 나는 자리에 앉아 가방에서 교과서를 꺼내 올린다. 새로 나온 게 전의 것보다 상쾌한 거 같기는 하네. 색깔도 더 좋고. 옆의 녀석이 이쪽을 보고 동의를 구하듯 눈짓한다. 나는 눈썹 사이를 좁히고 어색하게 웃으며 그런가? 하고 애매한 대답을 내놓는다.

공기는 원래 색깔이 없어. 삼촌은 자주 그렇게 말했다.

병원으로 끌려가기 전에는 알아주는 명문대에 다니며 집안의 기대를 한 몸에 받는 유망주였다. 아빠는 엄마의 반대에도 불구하고 아들보다 동생의 학비를 먼저 챙겼다. 내가 뒤를 봐줘야 해. 아빠가 말했다. 일찍 부모님을 여의고 단둘이서 어렵게 살아

온 형제였다. 삼촌에게 아빠가 특별했듯, 아빠에게도 삼촌은 특별한 사람이었다. 두고 봐, 저 녀석은 반드시 성공할 테니까. 아빠가 장담했다.

그러나 삼촌의 화려한 커리어는 공기 중독자라는 사실이 들통나면서 순식간에 끝을 고했다. 나는 훨씬 오래전부터 삼촌이 중독자라는 사실을 알고 있었다. 삼촌이 먼저 나에게 말해 줬던 것이다.

삼촌은 일주일에 서너 번은 도시의 경계를 넘어 다른 도시를 방문했다. 대학 공부에 필요한 책들을 구하거나, 인터뷰해야 할 사람들을 만나거나, 우리 도시에 없는 물건들을 사기 위해서였다. 경계 바깥으로 나갈 때는 반드시 공기가 따로 주입되는 밀폐된 차량으로 이동해야 한다. 무색무취의 바깥 공기는 오염되어 있기 때문이다.

오염된 공기는 멀쩡한 사람들을 폐인으로 만든다. 인터넷을 돌아다니다 보면 바깥 공기에 중독되어 극단적인 짓을 저지른 사람들의 기사를 어렵지 않게 접할 수 있다. 자살, 폭행, 강도, 심지어 살인까지.

삼촌은 연료가 떨어진 차 안에 갇혀 보험사를 기다리는 동안 점점 옅어지는 공기의 농도를 참지 못하고 바깥의 공기를 마셨다. 남들처럼 만일에 대비해 비상용 압축 캔과 휴대용 공기 마스크를 가지고 다니는 사람이 아니었다.

그게 진짜 공기야.

바깥의 공기에 대해서 말할 때면 삼촌은 언제나 신이 난 얼굴을 했다. 가슴이 뻥 뚫리는 것 같았어. 이것저것 첨가되어서 역한 이런 가짜가 아니었다고. 집에 떠다니는 푸른 대기를 손가락으로 훑으며 삼촌이 말했다. 언제 한번 너도 마시게 해 줄게. 아니, 우리 식구들이 다 같이 마셔 보면 좋겠다.

삼촌은 경계 근처에 차를 세워 두고 빈 압축 캔에 바깥의 공기를 담다가 순찰 중인 경찰에게 붙잡혔다. 아무래도 중독자인 거 같고, 따로 밀수해서 팔거나 하려던 건 아니니까 실형을 받지는 않을 겁니다. 경찰이 말했다. 법원은 경찰의 말대로 삼촌을 감옥에 보내지 않았다. 강제적인 입원 치료를 명했을 뿐이다.

엄마는 울었다. 아빠는 소리를 질렀다. 정말 아무렇지도 않다니까요? 삼촌은 법원에서 쏟아 냈던 말을 다시 한번 쏟았다. 오히려 안쪽보다 더 맑고 깨끗한 공기예요. 왜 마셔 보지도 않고 판단하는 거예요.

병원의 진단 결과는 굳이 듣지 않아도 뻔했다. 아빠는 삼촌을 도시 한가운데 있는 중독자 재활 치료 센터에 집어넣었다. 경계에서 가장 멀리 떨어진 곳이었다. 나는 고집스럽게 아빠의 뒤를 따라 치료 센터 안까지 들어갔다. 바깥의 공기에 중독된 사람들은 좀처럼 자연스럽게 숨을 들이쉬지 못했다.

부탁이다. 아빠가 말했다. 제발 정신 차리고 성실하게 치료받

아. 그때까지도 바깥의 공기가 얼마나 무해한지 열심히 설명하던 삼촌은 아빠의 표정을 보고 입을 다물었다. 삼촌의 시선이 나에게 향했다. 너도 내가……. 삼촌은 꺼내려던 말을 삼켰다.

그게 내가 본 삼촌의 마지막 모습이다.

사실 나는 공기 같은 건 아무래도 좋다고 생각한다. 공공기든 아쿠아 블루든 포레스트 그린이든, 아무리 뭐가 어디에 좋고 어디가 다르다고 해도 그 차이를 알기 어려웠다. 어쩌면 아빠의 말대로 사람들이 대기업의 상술에 넘어가고 있는 건지도 모른다. 아니면 엄마의 주장처럼 단순히 내가 둔감한 걸 수도 있고.

아무튼 나는 삼촌이 중독자 치료 센터에 들어가는 걸 본 후로 공부에만 매달렸다. 뭔가 신경을 쏟을 거리가 필요했고, 우리 집에는 그럴 만한 게 교과서밖에 없었다. 게임기, 만화책, 컴퓨터, TV, 모두 엄마가 통제했다. 너는 최고급 공기 속에서 공부만 열심히 하면 돼. 엄마가 말했다. 삼촌처럼 엇나가지 말고.

공부는 재미있지 않았다. 딱히 내가 소질이 있는 것 같지도 않았다. 그러나 교과서를 통째로 무식하게 외우다 보니 성적은 자연스럽게 올랐다. 어쩐 일이냐? 성적표를 나눠 주던 담임이 눈썹을 쓱 올려 보이며 의외라는 듯 물었다. 집에 공기 박스 들여놨다더니, 그게 도움이 됐나 보네? 좀 똑똑해진 거 같아? 나는 네에, 하고 되는대로 대답했다. 우리 집에도 하나 들여놓을까. 담임이 혼잣말처럼 중얼거렸다.

나는 똑똑한 사람이 아니었다. 똑똑하다, 라는 칭찬은 내가 아니라 삼촌 같은 사람을 위해 남겨 두어야 했다. 가끔 나는 삼촌처럼 머리가 좋은 사람이 어쩌다 바깥의 공기 따위에 중독되었는지 궁금해졌다. 생각을 바로 할 수 없을 만큼 해로운 공기였던 걸까. 하긴, 그렇게 해로운 공기가 아니라면 굳이 도시 전체를 유리돔으로 틀어막고 버틸 이유가 없겠지.

가끔 학교 옥상으로 올라가 경계 밖을 본다. 거기서는 시멘트 벽으로 막아 둔 경계 저편의 풍경을 볼 수 있었다. 투명한 유리 너머의 땅에는 복잡하게 얽힌 도로와 관리되지 않은 지저분한 나무, 풀, 그리고 기분 나쁘게 텅 빈 대기가 있다. 바깥의 공기가 오염되었다면 그 공기를 마시고 생활하는 동식물 역시 오염되었다는 소리다.

한번은 어디론가 거칠게 뛰어가는 고라니를 본 적이 있다. 바깥의 공기에 중독되면 폭력적인 성향을 띠게 된다고 들었다. 내가 본 고라니 역시 공기에 중독되어 날뛰고 있는 것 같았다. 처음 그걸 봤을 때는 아무렇지도 않았는데, 삼촌이 중독자 치료 센터에 들어간 이후로는 가끔 악몽을 꿨다. 경계 밖에서 핏줄이 터져 온통 붉어진 눈으로 미친 듯이 뛰어다니는 삼촌.

아, 좀만 더 마시자. 문득 정신을 차린다. 교실은 아직 수업이 시작되기 전이다. 반장 근처에 몰려 있던 아이들이 소란스럽다. 안 돼. 원래는 엄마가 그냥 보여 주기만 하랬는데. 반장이 변명처럼 입을 연다. 되게 비싸게 구네. 하루 종일 개봉하라는 것도 아니잖아. 아이들이 제각기 다른 목소리로 불만스럽게 떠든다. 1교시 끝날 때까지만. 응? 결국 반장이 못 이기는 척 닫았던 압축 캔을 푼다. 사라져 가던 녹색 공기가 다시 넘실거린다.

어, 이게 뭐야. 새로 나온 거야? 조회를 하기 위해 안으로 들어온 담임이 숨을 크게 들이쉬며 말한다. 쌤은 쫌만 마셔요! 그래요, 많이 마시지 마요! 뭐가 그렇게 즐거운지 아이들이 들떠서 소리친다. 새별 놈들이 이런 건 참 잘 만들어요. 교탁을 짚으며 담임이 말한다.

너도 이 공기가 특별하다고 생각하니? 삼촌은 바깥의 공기에 대해 이야기하기 전에 나에게 이렇게 물었다. 나는 잠시 망설이다가 잘 모르겠어, 하고 솔직하게 대답했다. 아직 인공 공기의 질에 대해 제대로 연구한 자료는 나오지 않았어. 삼촌이 말했다. 어쩌면 사람들의 생각만큼 새별의 공기가 좋은 게 아닐 수도 있다는 소리지.

증명된 건 아니잖아. 내가 말했다. 아무거나 주장하기는 쉽지. 우리가 만든 공기가 좋습니다. 바깥의 공기는 오염되어 있습니다. 삼촌은 턱을 쓰다듬으며 생각에 잠긴 표정으로 말을 이었다. 특히 돈을 들이면 말이야.

그럼 삼촌은 새별이, 아니 정부가 사기를 치고 있다는 거야? 나는 조심스럽게 물었다. 삼촌은 웃음을 터뜨렸다. 그렇게까지 말하지는 않았어. 그냥 아무 의심 없이 이런 것들을 믿는 게 좀 바보 같다는 생각을 했을 뿐이야.

바보 같다.

나는 조금이라도 더 많이 신상 공기를 들이켜 보려는 교실 안의 아이들을 둘러보며 생각한다.

전부 다 바보 같은 놈들이야.

거리는 온통 새로운 공기로 소란스럽다. 갈색의 공공기 너머 곳곳에 녹색으로 칠한 광고판이 보였다. 공기 판매점 앞에 사람들이 바글거린다.

가방을 고쳐 메고 머리를 흔들며 시멘트 벽을 따라 걷는다. 집까지는 버스를 타고 가도 되고 걸어서 가도 된다. 이런저런 일로 마음이 복잡할 때는 버스를 타지 않는다.

경계 앞에 세워 둔 시멘트 벽은 유리에 접근하지 못하도록 사람들을 막는 역할을 하지만 제구실을 하지는 못한다. 아주 오래전에 무너진 벽도 선거철이 아니면 제때에 수리하지 않는다. 벽을 따라 걷다 보면 어렵지 않게 비집고 들어갈 수 있는 틈새가 보인다. 오지랖 넓은 행인에게 걸리지만 않으면 언제든지 안으로 들어가 유리 앞에 설 수 있다. 굳이 그런 귀찮고 무의미한 짓을 하려는 사람이 없을 뿐이다.

지나치게 머리가 좋은 사람은 가끔 어이가 없을 정도로 단순한 것들을 간과할 때가 있다. 삼촌이 그랬다. 굳이 눈에 띄게 차를 끌고 경계 밖으로 나가 바깥의 공기를 담아 올 필요가 없었다. 그냥 경계 근처를 걷다가 부실한 벽을 타고 들어가 바깥으로 이어지는 통로 쪽으로 몰래 빠져나가면 그만이었다.

마침 주변에 사람은 보이지 않는다. 나는 잠시 망설이다가 곧 결심을 굳히고 벽 사이로 메고 있던 가방을 밀어 넣는다. 바깥으로 나가려는 건 아니다. 단지 충동적으로, 보다 가까이에서 유리 밖의 풍경을 보고 싶다는 생각이 들었다. 또래 아이들에 비하면 체구가 작은 편이라 틈을 빠져나가는 건 어렵지 않다.

투명하고 단단한 외양 때문에 다들 유리, 혹은 강화 유리라고 부르지만 정말 유리로 만들어진 건 아니다. 눈앞에 있는 건 이름이 기억나지 않는 어떤 특수한 재질로 만든 거대한 돔의 일부다. 나는 손가락으로 유리를 쓰다듬고 시선을 옮겨 멀리 바깥을 본다.

옥상에서 내려다보던 것과는 확연히 다르다. 막연히 이 정도의 크기가 아닐까 짐작하던 나무들은 예상했던 것보다 훨씬 거대하다. 울창하게 뻗은 나뭇가지들 사이로 도로 위에 정체된 차들이 보인다. 삼촌은 어디서 바깥의 공기를 담다가 걸린 걸까. 잘만 숨으면 들키지 않고 공기를 들여오는 게 가능할 것도 같은데.

유리를 천천히 쓸면서 집을 향해 걷는다. 가다 보면 시멘트 벽 안으로 돌아갈 수 있는 틈이 또 나올 것이다. 그 전까지는 느긋하게 바깥을 구경하기로 마음먹는다. 뭔가 잘못된 일을 하고 있는 것 같다는 죄책감이 조금 들었지만 깊이 생각하지 않는다. 삼촌처럼 바깥의 공기를 마시거나 몰래 들여오려는 건 아니었으니까.

갈색도 아니고 파란색도 아닌, 무채색의 바깥 세계는 왠지 기분 나쁘게 느껴진다. 색이 입혀진 대기가 좋다고 생각해 본 적은 없지만 그렇다고 아무 색이 없는 게 낫겠다는 생각도 해 본 적이 없다.

불규칙적으로 뻗은 잡초들이 바람을 맞아 흔들린다. 경계 안에도 바람은 분다. 도시 환경 계획을 세우고 날씨를 관리하는 관리국에서 간간이 흘려 보내는 것이다. 비싼 공기를 사 쓰는 사람들은 근처에 뿌려 둔 자신들의 공기가 쓸려 나가기 때문에 바람을 별로 좋아하지 않는다. 엄마는 집의 공기가 바깥으로 새지 않도록 업자들을 불러 문과 창의 틈을 꼼꼼하게 막아 놓았다.

나는 바람을 맞는 게 그리 싫지 않았다. 내내 정체되어 있던 공기가 다채롭게 움직이며 몸을 훑고 지나가는 느낌이 좋았다. 바깥의 공기는 색깔이 없기 때문에 바람이 이동하는 경로를 눈으로 확인할 수는 없다. 그래도 나는 거기에 바람이 불고 있다는 걸 안다. 색깔이 없는 바람을 맞는 건 어떤 느낌일까.

계속해서 꼬리를 무는 생각의 끈을 좇으며 얼마나 오래 걸었는지 모르겠다. 나는 우뚝 멈추어 선다. 잠깐은 내가 왜 걸음을 멈췄는지 알지 못한다. 그러나 곧, 뭔가를 본 것 같다는 생각이 들어 고개를 돌린다. 까마득히 도시의 경계를 감싸고 있는 유리. 유리. 유리. 금. 나는 놀라서 뛰는 가슴을 손바닥으로 누르고 한쪽 무릎을 굽혀 시선을 가까이 한다.

금. 균열. 언뜻 보면 보이지 않는다. 검지를 뻗어 유리를 만진다. 여기에 금이 있다. 내가 넘어온 시멘트 벽의 틈새처럼 터무니없이 크지는 않지만, 어쨌든 바깥으로 통하는 작은 균열이다. 천천히 유리의 표면을 쓸다가 날카로운 절단면에 검지 끝을 베인다. 아야. 나도 모르게 튀어나온 목소리는 몹시 메말라 있다. 손가락을 입 안에 넣고 빨며 균열을 자세히 보기 위해 고개를 숙인다.

어쩌다 이런 게 생겼지? 경계를 지키고 있는 유리는 두껍지는 않지만 강도가 엄청나다고 들었다. 완전한 형태의 유리를 부수는 건 중장비를 동원하지 않는 이상 불가능하다. 그런데 이건? 유리에 미세하게 벌어진 균열은 마치 처음부터 그렇게 만들어진 것처럼 뻔뻔스러운 모양새로 나를 마주 본다.

균열 근처에 꾸물거리는 갈색의 공공기는 다른 곳보다 색이 옅다. 바깥의 공기가 공공기를 밀어내고 있는 것이다. 순간 머릿속으로 위기에 빠진 도시를 구한 시민 영웅, 이라는 낯부끄러운 상상이 스쳐 지나간다. 오염된 공기의 유입을 막은 용감한 학생! 공기 중독의 위험을 누구보다 잘 알고 있었다! 어떻게?

멍청한 상상이었다. 나는 자연스럽게 삼촌으로 귀결되는 생각을 털어 낸다. 그게 진짜 공기야. 삼촌은 말했다. 우리야말로 가짜 공기에 중독되어 있는 사람들인 거야. 나는 틈새 쪽으로 조금씩 몸을 기울인다. 바깥에서 밀고 들어오는 투명한 공기의 흐름이 코끝으로 느껴질 때까지.

그러다 불시에 얻어맞은 사람처럼 비틀거리며 일어선다. 바깥의 공기를 마신다는 게 어떤 의미인지 갑작스럽게 와 닿았던 것이다. 공기 중독자들. 센터에서 봤던 사람들의 모습이 선명하게 떠오른다.

그들은 숨을 제대로 쉬지 못했다. 바깥의 공기는 공공기나 새별의 공기보다 농도가 진하다. 삼촌은 바깥의 공기를 조금만 들이쉬어도 온몸에 산소가 도는 게 느껴진다고 했다. 바깥의 공기에 익숙해진 사람은 인공 공기를 마시는 걸 보통의 사람들보다 훨씬 어려워한다. 부족해진 공기의 농도를 체내에서 용납하지 못하기 때문이다. 납작하게 눌린 빨대로 있는 힘껏 음료수를 들이켜는 것과 마찬가지다.

다행히 삼촌은 그 정도로 심각하게 중독된 상태는 아니었다. 너도 까딱하면 저렇게 될 뻔한 거야, 하고 아빠가 말했다. 삼촌은 아무 말도 하지 않았다. 숨을 헐떡이는 다른 공기 중독자들을 침울한 눈으로 훑어보았을 뿐이다.

가방을 뒤적여 미술 준비물로 쓰기 위해 챙겨 두었던 청색 테이프를 꺼낸다. 완전한 해결책은 아니지만 임시방편은 되겠지. 금의 길이만큼 테이프를 찢어서 균열을 막는다. 바깥의 공기에 밀려나던 갈색 공공기가 무색의 공간을 서서히 침식해 들어간다.

나는 잠시 기다리고 서 있다가 등을 돌린다. 집까지 가는 길이 평소보다 멀게 느껴진다.

엄마 아빠는 밤이 새도록 싸웠다. 돈 때문이었다. 신상 공기를 주입한 공기 박스의 대여료가 전보다 두 배 가까이 뛰었다. 아빠는 전에 쓰던 것도 효과를 잘 모르겠는데 뭐하러 개선 여부도 확실하지 않은 신상 공기를 들여왔냐며 펄쩍 뛰었다.

나는 부부 싸움에 간섭하지 않고 일찌감치 방으로 들어와 누워 있다. 깜빡 잠이 들었다가 소란에 깨고, 다시 잠이 들었다가 소란에 깨는 일을 반복한다. 좋은 공기를 마시기 위해 공기 박스를 대여했던 건데, 그것 때문에 숨이 막힌다. 왜 모두가 똑같은 공기를 마시며 살 수 없는 걸까.

자본주의 국가에서는 당연한 거 아냐? 언젠가 이런 이야기를 꺼냈을 때, 옆의 녀석이 심드렁하게 대꾸했던 게 생각난다. 열심히 일해서 돈을 번 사람은 그만큼 더 좋은 환경에서 사는 거야. 무조건 다 공평하게 하자고 하면 공산주의랑 다를 게 뭐야? 나는 우물우물 대답하지 못했다. 똑똑한 삼촌이었다면 곧바로 근사한 반박을 생각해 냈을 텐데.

눈을 감고 숨을 쉰다. 주의 깊게, 내가 지금 마시는 공기가 어제 마셨던 것과 어떤 차이가 있는지 알아내려 한다. 그러나 아무리 들이쉬어도 별다른 느낌이 들지 않는다. 심지어 공공기와도 무슨 차이가 있는지 모르겠다.

가끔 TV에 눈을 가리고 공기의 브랜드명을 맞히는 사람이 나온다. 어떻게 알 수 있는 걸까. 정말 새별의 광고처럼 질적으로 다른 공기들이기 때문일까.

성질을 이기지 못한 아빠가 크게 화를 내며 뭔가를 부수는 소리가 들린다. 엄마가 날카롭게 비명을 지른다. 현관의 문이 열리고, 닫힌다. 쿵쾅거리는 아빠의 발소리가 멀어져 간다. 나는 거실로 나와 울고 있는 엄마에게 다가선다.

괜찮아? 내가 묻자 엄마는 눈을 훔치고 괜찮아, 늦었으니까 들어가서 마저 자, 하고 말한다. 나는 엄마의 어깨에 손을 올린다.

미안해. 잠시 후에 엄마가 천천히 심호흡을 하며 말한다. 포레스트 그린은 마음을 진정시키는 효과도 있다더라. 나는 쓴웃음을 짓고는 대단하네, 하고 말한 뒤 빗자루를 꺼내 바닥에 깨져 있는 물건들을 쓸어 담는다.

엄마가 이따 치울게. 그냥 놔둬. 나는 엄마의 말에 알았어, 하고 대답하면서도 거실에 펼쳐진 난장판을 끝까지 정리한다. 아빠가 걷어찼는지 본체 구석이 움푹 들어간 공기 박스는 힘차게 공기를 뿜어내며 자신이 건재함을 알리고 있다.

맑게, 상쾌하게, 건강하게! 새별의 로고 밑으로 진하게 박힌

글씨가 눈에 들어온다. 물론 그러시겠죠. 한숨을 내쉬며 고개를 돌린다.

엄마와 아빠의 소리 없는 전쟁은 이틀 동안 계속되었다. 니 엄마한테 이거 하라고 전해라. 니 아빠한테 저거 하라고 전해라. 당사자가 눈앞에 있는데도 두 사람은 나를 거쳐서만 대화했다. 매일 마주 보고 살면서 서로를 아예 없는 사람 취급할 수는 없으니 되는대로 생각해 낸 방법이다. 덕분에 나만 중간에서 난처한 입장이 됐다. 골치 아픈 상황이었다.

그러나 골치 아픈 상황은 얼마 지나지 않아 훨씬 더 골치 아픈 상황이 터지는 바람에 순식간에 종결되었다. 삼촌이 병원을 몰래 빠져나갔다는 전화가 걸려 온 것이다. 엄마는 전화를 받자마자 아빠를 호출했고, 회사에서 야근을 하고 있던 아빠는 한걸음에 집으로 달려왔다. 도대체 이 자식은 생각이 있는 거야 없는 거야! 아빠가 분통을 터뜨렸다.

너는 일단 여기 있어. 삼촌이 집으로 올 수도 있으니까. 안절부절 거실을 돌아다니며 불안한 감정을 뿌려 대던 부모님은 일단 중독자 치료 센터에 들러 봐야겠다면서 자동차 열쇠를 챙겨 들고 밖으로 나갔다.

그게 바로 조금 전에 폭우처럼 쏟아져 내린 일이다.

나는 읽고 있던 교과서를 옆으로 치워 두고 창가에 서서 멍하니 밖을 내다본다. 삼촌이 왜? 그런 생각이 먼저 든다. 법원에서 지정해 준 병원을 멋대로 나오면 법적으로 뭔가 걸리지 않나. 바깥의 공기에 중독된 사람들은 정상적인 사고를 할 수가 없습니다. 어디의 심리학 박사라는 사람이 TV에 나와 했던 말이 떠오른다. 삼촌도 그래서 병원을 나온 건가. 겉보기에는 그렇게까지 심하게 중독된 거 같지 않았는데.

시간이 지나도 아빠의 예상처럼 삼촌이 집으로 불쑥 찾아오지는 않는다. 대신 삼촌은 전화를 걸어왔다. 삼촌이야. 집에 부모님 계셔? 삼촌의 목소리는 기억하고 있는 것보다 더 깊이 잠겨 있다. 삼촌? 도대체 무슨 일이야? 여기 삼촌 때문에 난리 났어. 어디야? 나는 다급하게 질문을 퍼붓는다. 근처야. 호들갑 떨 필요 없어. 별일 아니니까. 삼촌이 차분하게 대답한다.

뭐가 별일이 아닌데. 엄마 아빠가 얼마나 걱정하고 있는지 알아? 나는 짜증스럽게 삼촌의 말을 받는다. 삼촌은 길게 숨을 내쉰다. 수화기 저편에서 자세를 고치는 기척이 들려온다. 내가 지금 여유가 없거든. 그러니까 내 말 잘 들어. 삼촌은 억양이 거의 없는, 지친 목소리로 말을 한다.

신발장 구석에 보면 연장통 있어. 검은색 플라스틱 상잔데 보면 바로 알아. 그거랑 삼촌 자동차 열쇠, 아마 옷장에 내 코트 주머니에 들어 있을 거야, 들고 이쪽으로 와. 집 근처에 공사 중인 건물 있지? 거기 뒤 공터야.

일 크게 벌이지 말고 그냥 아빠한테 전화해.

형이랑 형수는……, 네 부모님은 이해 못 해.

나는 이해하고?

너는 날 알잖아.

삼촌이 말한다. 나는 무심코 눈을 감는다.

태연하려 애쓰는 삼촌의 목소리에는 어떤 절박함이 묻어 있다. 머릿속으로, 여태까지 접했던 공기 중독자에 대한 무시무시한 기사들이 스쳐 지나간다. 정말로 삼촌은 공기에 중독되어 버린 걸까. 염병할 바깥 공기 때문에 이런 극단적인 행동을 벌이고 있는 걸까.

나도 안다고 생각했어. 그런데 지금은 잘 모르겠어, 삼촌.

내가 말한다. 삼촌은 긴 침묵 끝에 부탁한다, 기다릴게, 하고는 전화를 끊는다.

나는 나가지 않을 생각이었다. 수화기를 내려놓고 나서도 한참 동안 가만히 서서 허공의 한 지점을 노려보고 서 있다. 굳이 물어보지 않아도 삼촌의 의도는 뻔했다. 차를 타고 경계 밖으로 나가서 다시 한번 바깥의 공기를 들여올 생각이다. 이번에 걸리면 강제 입원 정도로 끝나지 않을 거다. 삼촌을 위한다면 삼촌의 터무니없는 요구를 들어줄 게 아니라 신고를 해야 한다.

몇 분 정도 서서 고민했을까. 나는 조심스럽게, 전화기의 버튼을 누른다.

삼촌은 자신이 말했던 장소에 무방비 상태로 서 있다. 나는 연장통과 자동차 열쇠를 삼촌에게 건넨다. 고마워, 믿어 줘서. 삼촌이 말한다.

그런 거 아니야. 지금이라도 늦지 않았으니까 아빠한테 전화하자. 삼촌 심각해. 나는 삼촌의 소매를 잡아끌며 말을 잇는다. 바깥의 공기 때문에 정상적으로 판단하지 못하는 거야. 삼촌은 부드럽게 내 손을 밑으로 떨쳐 낸다.

걱정은 고맙지만. 삼촌이 말한다. 난 괜찮아. 일이 끝나면 내 발로 걸어서 돌아갈 거야. 일단 걷자.

그리고 삼촌은 성큼성큼 걷는다. 나는 황급히 삼촌의 뒤를 따른다. 삼촌은 연장통에서 압축 캔을 꺼내 흔들어 본다. 안은 비어 있다. 삼촌의 자동차는 집 앞 주차장에 세워져 있다. 그렇게까지 바깥의 공기를 마시고 싶어? 주차장을 향해 걸어가며 내가 묻는다. 삼촌은 장난스럽게 한쪽 눈썹을 올리고 왜, 내가 오염된 공기가 필요해! 하며 침이라도 질질 흘릴까 봐? 하고 웃는다.

지금도 충분히 중독자처럼 보이거든. 나는 약간 기분이 상해서 날카롭게 대꾸한다. 뭐라고 다시 말하려던 삼촌은 갑자기 걸음을 멈추고 골목으로 몸을 숨긴다. 삼촌의 자동차 근처에 건장한 체구의 남자 두 명이 서성이고 있다.

뭐야, 경찰 불렀냐? 삼촌이 묻는다. 멍청이들. 나는 속으로 욕을 한다. 제때 신고를 했으면 좀 성의 있게 나서 줘야 하는 거 아닌가. 삼촌은 나를 힐끗 내려다보고 이거 실망스러운데. 덕분에 돌아가야겠구만, 하고 몸을 돌린다.

넌 이제 가 봐, 배신자야. 여전히 장난스러운 투로 삼촌이 입을 연다. 나는 걸음이 빠른 삼촌을 부지런히 따라잡는다. 어떡할 건데? 택시 잡으려고? 차 없으면 경계 밖으로 못 나가. 내가 말한다. 삼촌은 어깨를 으쓱한다. 차가 없어도 나갈 수는 있어. 어떻게 나가는데? 넌 몰라도 돼.

불행히도 나는 삼촌의 속셈을 알고 있다. 아마 삼촌보다 먼저 알았을 거다. 예상대로 삼촌은 경계 쪽으로 걸어가서 무너진 시멘트 벽을 찾는다. 나는 삼촌의 팔을 붙잡고 사정하다시피 입을 연다. 제발, 이러는 거 삼촌답지 않아. 아빠 생각 안 해? 삼촌 때문에 요새 우리 집이 얼마나 우울한지 모르지?

삼촌은 마땅한 틈이 보이지 않자 아예 부수고 들어가기로 마음먹은 모양이다. 연장통에서 망치를 꺼내 시멘트 벽 앞에 서서, 위험하니까 뒤로 물러서 있어, 하고 말한다. 나는 물러서지 않는다. 붙잡고 있던 삼촌의 팔을 더 강하게 움켜쥔다.

야, 이러지 마. 시간 없어. 삼촌이 말한다. 삼촌이야말로 이러고 있으면 안 돼. 경계 보호벽 훼손하면 벌금이 얼만데. 삼촌 돈 많아?

삼촌은 망치를 들고 있던 손을 내리고 한숨을 내쉰다.

나 때문에 이러는 거 아니야. 이게 당장 필요한 사람이 있어.

삼촌이 말한다. 나는 눈을 동그랗게 뜨고 삼촌을 본다. 삼촌은 굳은 표정으로 시멘트 벽을 쏘아보고 있다.

자세한 건 말할 수 없어. 그래도 날 믿어야 해.

삼촌이 마실 게 아니라고?

아니야.

그럼 삼촌은 더 이상 바깥의 공기는 마시고 싶지 않은 거야?

물론 나도 제대로 된 공기를 마시고 싶지. 그렇지만 이런 식으로는 아니야. 그 정도의 분별력은 있어.

공기 중독자들은 바깥의 공기를 마시기 위해서라면 얼마든지 천연덕스러운 거짓말을 꾸며 낼 수 있다. 하지만 삼촌은 그럴듯한 대답을 내놓지 않음으로써 오히려 나를 혼란스럽게 만들었다.

한 번만 봐줘라. 내가 언제 너한테 뭐 부탁한 적 있냐?

이것저것 부탁한 적 많잖아.

삼촌의 질문을 퉁명스럽게 받아친다. 당혹스러워하는 표정을 보니 속이 조금 후련하다.

그럼 기왕 이것저것 부탁받은 김에 이번 것도 도와줘.

뻔뻔하기는.

삼촌의 허술한 변명을 그대로 믿는 건 아니다. 그러나 어쩔 수 없이, 마음이 흔들리는 것도 사실이다. 붙잡고 있던 삼촌의 팔을 놓고 시멘트 벽을 본다. 아무리 인적이 드문 곳이라도 이런 데서 망치질을 하면 틀림없이 사람들의 이목을 끌게 된다.

알겠어. 결심을 굳히고 내가 말한다. 하지만 굳이 경계 밖으로 나가지 않아도 돼. 삼촌의 손에서 망치를 빼앗아 도로 연장통에 넣는다.

그게 무슨 소리야?

삼촌이 묻는다.

따라와.

내가 말한다.

테이프는 밀고 들어오는 바깥의 공기를 이기지 못하고 바닥에 떨어져 있다. 기분 탓인지 균열이 지난번에 봤을 때보다 더 벌어진 것 같다. 시멘트 벽 너머에서 삼촌이 어때? 될 것 같아? 하고 묻는 소리가 들린다. 삼촌은 이곳까지 걸어오는 내내 그게 정말이냐, 가능할 거 같냐, 어떻게 그걸 아무도 모르냐, 따위의 말을 줄기차게 쏟았다.

거참 시끄럽네. 연장통에서 꺼내 온 빈 압축 캔에 공기 주입기를 연결하며 입을 연다. 손 떨려서 뭐 제대로 담기나 하겠어? 중독자가 하는 거보다는 내가 하는 게 훨씬 나아.

고마워. 삼촌은 장난 반 진담 반으로 뱉어 낸 비난에도 화를 내지 않는다. 언젠가 사람들이 이해해 주는 날이 오면 좋겠다. 삼촌이 말한다. 뭘 이해해? 이렇게 물으며 어렵게 유리의 균열 사이로 흡입 장치를 쑤셔 넣는다. 삼촌이 말을 잇는다.

바깥의 공기 말이야. 세상이 공기 중독자라고 부르는 이들은 단지 몸에 더 맞는 공기를 원하는 것뿐이야. 우리는 그런 걸 추구할 권리가 있어.

아무도 중독된 사람의 말을 듣지 않을걸.

내가 말한다.

그렇겠지.

삼촌이 대꾸한다.

제대로 된 장비로 채운 압축 캔은 한 사람이 두 달 정도 마실 수 있는 양의 공기를 보관할 수 있다. 지금은 그 정도까지 많이 담을 수 있는 상황이 아니다. 그래도 나는 최대한 시간을 들여 압축 캔을 채워 나간다. 일주일, 열흘, 보름, 한 달.

그러는 도중에 뭔가 이질적인, 작은 소리를 들은 것 같다. 나는 압축 캔의 입구를 조이고 공구를 챙겨서 주머니에 넣는다. 균열에서 나는 소리다. 무슨 생각에서였는지 나도 모르게 바닥에 떨어진 테이프를 주워 든다.

끝났어? 삼촌의 물음에 으응, 하고 바보같이 웅얼거린다. 손에 든 테이프를 양팔로 펼쳐서 일직선으로 그어진 균열에 대어 본다. 테이프의 길이는 손가락 한 마디 정도 짧다.

금 간 건 어때?

삼촌이 묻는다.

똑같지 뭐.

그렇게 대답하고는 테이프를 구겨서 주머니에 넣는다. 균열 따위야 어찌 됐든 게으른 공무원들의 일이다. 언젠가는 누군가 와서 고쳐 놓겠지.

시멘트 벽 사이로 걱정스러운 표정을 한 삼촌의 얼굴이 보인다. 괜찮은 거지? 하고 물으며 삼촌이 손을 내민다. 잠깐 균열 쪽으로 고개를 돌린다. 문득 밖에서 불어오는 바람이 얼굴에 닿은 것 같다는 생각을 한다.

괜찮아.

그렇게 대답하며 삼촌의 손을 잡는다.

김 민 령 … 별것도 아닌 일

일곱 살 무렵, 로미는 걸핏하면 한밤중에 깨어나 엄마의 침대로 스며들곤 했다. 오래 앓고 있던 엄마는 바짝 마른 팔로 이불을 들추고는 로미가 들어올 수 있도록 해 주었다. 엄마한테서는 대개 달큼하고 씁쓸한 병자 특유의 냄새가 났지만 엄마의 목에 코를 묻고 있으면 희미하게 예전에 맡았던 엄마 냄새가 나는 것 같았다. 따뜻하고 포근하지만 어딘가 슬픈 냄새. 또 꿈을 꿨구나, 불쌍하기도 하지. 엄마는 로미를 꼭 안고 이마에 붙은 머리카락을 쓸어 넘겨 주었다. 그러고 한참을 있노라면 차츰 두근거리던 마음이 가라앉았다.

당시 로미는 매일 밤 악몽을 꾸었다. 꿈은 당연하게도 두서없고 이치에 맞지 않는 이야기로 가득했는데 언제나 줄무늬 옷을 입고 빨간 곱슬머리를 한 피에로에게 쫓기는 것으로 끝이 났다. 꿈을 꾸다가 퍼뜩 일어나면 캄캄한 어둠 속에서 혼자 버틸 도리가 없었다. 낮에는 외할머니가 엄마 근처에는 얼씬도 못 하게 막았기 때문에 엄마 품에 안겨 볼 수 있는 유일한 기회이기도 했다. 나중에 로미는 그 꿈이 어쩌면 악몽이 아니었을 수도 있겠다고 생각했다. 피에로는 모두가 잠든 한밤중에 나를 깨워 엄마 곁으로 보내 준 고마운 존재였을지도 모르겠다고.

아마 그래서였을 것이다. 큰집 근처 쇼핑몰에서 피에로 분장을 하고 있는 은석이를 만났을 때 로미는 엄마를 떠올렸다. 노란 가발을 쓰고 파란 양복을 입은 피에로는 어렸을 때 로미의 꿈속에 나왔던 피에로하고는 하나도 닮지 않았다. 하지만 왜였을까, 로미는 피에로를 꽤 오랫동안 지켜봤다. 키를 높여 껑충한 피에로가 지나가는 아이들에게 풍선을 불어 꽂이며 왕관 같은 걸 만들어 주는 동안 로미는 액세서리 가판대 옆 벤치에 앉아 있었다. 함께 있던 사촌 언니들은 진작 어딘가로 가 버린 뒤였다.

로미를 알아본 건 은석이가 먼저였다.

"어? 최로미!"

로미는 벤치에 앉은 채 고개를 뒤로 젖혀 피에로를 올려다보았다. 가발에 알록달록하게 분장한 얼굴, 높다랗게 솟은 키, 큼지막한 피에로 의상. 그 피에로가 누구인지 알 수 있는 정보는 완벽하게 가려져 있었다.

"이런 데서 만나다니. 분장했는데 나인 줄 어떻게 알았어?"

"아…… 그냥."

사실은 네가 누군지 모르겠다고, 로미는 솔직하게 말하지 못했다.

피에로는 기다란 풍선을 단번에 불더니 삑삑 소리를 내며 이리저리 꺾고 구부려 노란색 푸들을 만들어 내밀었다. 동작이 빠르고 아주 능숙했다. 로미는 푸들을 받아 들면서도 어리둥절했는데 분장을 지우고 나타난 은석이를 보고서야 그 애가 같은 반 뒷자리에 앉는 남자아이라는 것을 알아차렸다. 한 시간도 넘게 떨어져 있는 신도시의 쇼핑몰에서 아는 사람을 우연히 만날 확률은 얼마나 될까. 여자중학교를 졸업하고 고등학교에 입학한 지 한 달이 채 되지 않아 한 교실에서 지내는 남학생들이 불편하기만 하던 때였다. 그전에는 한마디 말도 나눠 보지 않았는데 은석이는 마치 둘이 오랜 친구나 되는 듯 스스럼없었다. 그날 로미는 은석이와 같이 이른 저녁을 먹고 전철을 두 번 갈아타고 집으로 돌아왔다.

로미는 그 뒤에도, 처음에는 네가 누구인지 알아보지 못했다고 은석이에게 말하지 못했다. 아마도 말했다면 은석이는 대수롭지 않은 듯 눈썹이나 찡긋하고 말았을 테지만, 은석이의 오해를 오해라고 인정하고 싶지 않았다. 악몽 속의 피에로처럼 이 일도 보이는 것과는 다른 의미를 갖고 있을지도 모른다고 로미는 생각했다.

노란색 풍선 푸들은 로미의 책상 위에 오래 놓여 있었다. 바람이 빠져 쭈글쭈글하고 먼지가 잔뜩 묻어 치워 버리는 게 당연했지만, 그러지 않았다. 해야 할 일과 하고 싶지 않은 일, 하지 말아야 할 일과 하고 싶은 일들은 언제나 어긋나는 법이다.

은석이에게 여자친구가 생겼다는 이야기를 들은 건 2학기 수학여행을 가는 버스 안에서였다. 3학년 언니래, 서울대반이라던데. 아니, 우리 학년이라던데. 아냐, 재 운동화 그 언니가 사 준 거래. 앞자리에 앉은 여자애들이 수군거리며 은석이의 비밀을 함부로 이야기하는 동안 로미는 차창에 머리를 기대고 있었다. 그럼 로미는? 로미의 앞자리 아이가 무신경하게 목소리를 높이자 옆에 있는 애가 쉿! 하고 주의를 줬다. 야, 바로 뒤에 앉아 있어.

"먹을래?"

옆에 앉아 있던 양희가 로미에게 캐러멜을 내밀었다.

"어, 고마워."

"이거 엄청 맛있는 캐러멜이다. 한번 먹으면 끝장을 보기 전까지는 멈출 수가 없어."

"그래?"

"그래, 한번 잡숴 봐. 와, 오늘 날씨 정말 좋지? 여행 가기 딱 좋은 날이다."

양희는 일부러 쓸데없는 말을 자꾸 늘어놓았다. 아마 양희도 아까부터 앞자리에서 들려오는 이야기에 귀 기울이고 있었던 모양이다. 로미는 이어폰을 꺼내 귀에 꽂고 다시 차창에 머리를 기대었다. 양희는 뭐라고 더 말할 것처럼 우물거리다가 이내 들고 있던 폰으로 시선을 돌렸다.

로미는 가만히 왼쪽 가슴에 손바닥을 갖다 댔다. 쿵쿵, 쿵쿵,

쿵쿵, 오래전 악몽을 꾸었을 때처럼 심장이 세차게 뛰고 있었다.

처음 쇼핑몰에서 만났던 날, 로미는 은석이에게 어려서 꾸었던 피에로 꿈과 돌아가신 엄마, 장례식장에서 자신에게 저주를 퍼부었던 외할머니에 대해 이야기했다. 외할머니한테 로미는 딸의 목숨을 앗아간 사악한 존재였다. 외할머니는 로미 때문에 엄마가 죽었다고 믿었다. 그만큼 외할머니는 자신의 딸을 지독히 사랑했다. 로미는 앞으로도 영영 그런 사랑을 받아 보지 못할 테지만. 이야기를 듣고 나서 은석이는 조금 머뭇거리다가 로미의 팔에 손을 얹었다. "아, 불쌍해라."

로미는 하마터면 지하철에서 울어 버릴 뻔했다. 그렇게 은석이는 로미에게 아주 중요한 사람이 되었다.

은석이는 주말이면 부르는 곳이 어디든 분장 가방을 들고 나섰다. 개업하는 휴대폰 가게나 제과점, 쇼핑몰 행사 등이었다. "스틸트를 타고 풍선 부는 일이 고되긴 해도 배달이나 노가다에 비하면 할 만하거든." 은석이는 주말에 알바로 시간을 낭비하는 만큼 공부 시간을 벌충하기 위해 학교에서는 고개도 들지 않고 수학 문제를 풀거나 영어 단어를 외웠다. 특히 중간고사를 치르고 난 뒤에는 자못 비장해졌다. 은석이의 표정은 시간이 지날수록 점점 더 어두워졌다. 로미는 뒷자리에 앉은 은석이가 내내 신경 쓰였지만 말 한마디 거는 것도 쉽지 않았다. 은석이를 돌아봤다가 하릴없이 다시 몸을 돌리기 일쑤였다. 그럴 때면 은석이가 영영 자신을 모른 체할까 봐 불안해지곤 했다.

야간 자율 학습이 끝나면 로미는 얼른 가방을 챙기고 곁눈으로 은석이가 언제 교실을 나서는지 살폈다. 그리고 학교에서 적당히 멀어졌을 때쯤 발걸음을 재게 놀려 은석이 뒤를 따라잡았다. 은석이는 항상 또 만났네, 하고는 웃었다. 은석이에게는 그날 처음으로 입을 열어 말하는 순간이기도 했다. 로미는 그제야 하루 종일 전전긍긍했던 마음을 풀고 같이 웃었다.

다른 아이들에게 자신이 어떻게 보일지, 로미가 생각해 보지 않은 건 아니었다. 자기가 은석이 옆을 맴돌 때마다 아이들이 수군거린다는 것도 잘 알았다. 그래도 로미는 기회가 있을 때마다 은석이의 자리에 생수와 초콜릿을 가져다 놓았고, 학원에서 받은 문제집을 복사해다 주었다. 외부 유출이 엄격히 금지되어 있는 문제집이었지만 상관없었다. 은석이는 엉뚱한 데 혼자 앉아 있던 로미를 알아봐 주었고, 말을 걸어 주었고, 로미의 이야기에 귀를 기울여 준 첫 번째 친구였으니까.

"저기……."

양희가 조심스럽게 말을 걸었다. 로미는 왼쪽 귀에서 이어폰을 뺐다. 내내 캐러멜을 까먹고 있던 양희한테서는 달콤한 냄새가 났다.

"너랑 은석이, 혹시 나 때문에 문제 생긴 거야?"

로미는 고개를 돌려 양희를 바라봤다. 캐러멜을 씹고 있는 양희의 통통한 볼에 보조개 하나가 나타났다 사라졌다.

셋이 얽히게 된 건 1학기 기말에 있었던 사회 수행평가 때문이었다. 네 명이 한 조를 이루었는데 그때 은석이와 양희, 로미는 모두 같은 조였다. 양희는 로미가 은석이 몫까지 다 떠맡아 허덕이고 있다는 걸 알고는 마지막 조 모임에서 은석이를 엄청나게 몰아붙였다. “아니야, 내가 하겠다고 했어, 별로 어려운 것도 아니었고, 은석이 잘못이 아니야!” 로미는 양희를 붙들고 거의 애원하다시피 했다. 그때 은석이는 아무 말도 하지 않았다. 나머지 조원이던 현국이가 진저리를 내며 가 버릴 때까지 말싸움을 벌인 건 양희하고 로미였다. 양희는 은석이를 공격하고, 로미는 양희에게 변명을 늘어놓았다. “너 바보야? 왜 맨날 쟤한테 굽신거리는 건데? 너네 진짜 사귀는 거야? 아무리 그래도 그렇지!” 양희가 버럭 화를 내며 소리쳤을 때 로미는 은석이를 바라봤다. 은석이는 몸을 휙 돌려 자리를 떠나 버렸다.

당연히 엉망진창이 되어 버릴 줄 알았던 발표는 양희 덕분에 무사히, 그것도 아주 멋지게 끝났다. 현국이가 엄지 두 개를 치켜들고 희희낙락할 때 은석이는 양희를 외면했고, 로미는 어쩔 줄을 몰랐다. 양희의 넓은 오지랖에 화가 났지만 은석이가 수행평가를 걱정했다는 걸 알고 있었으므로 고맙기도 했다. “잘됐다, 그치?” 로미가 뒤로 돌아 은석이에게 말했을 때 은석이는 의미를 알 수 없는 표정을 지었고, 금세 책상 위에 펴 둔 문제집으로 시선을 돌렸다. 그 뒤부터였다. 야간 자율 학습이 끝난 하굣길에서 로미는 은석이를 따라잡을 수가 없었다.

다음 날 아침에는 로미의 책상 위에 학원 문제집 두 권과 포장을 뜯지 않은 펜텔 샤프, 생수병이 놓여 있었다. 로미가 뒤를 돌아봤지만 은석이는 전자사전만 들여다보고 있었다. 점심시간에 은석이의 책상 위에 올려 둔 캔 커피도 어느새 로미에게 돌아왔다.

이은석, 미안해. 왜 일이 이렇게 됐는지 모르겠어. 앞으로 조심할게.

은석이는 로미가 쓴 쪽지를 펼쳐 보지도 않은 채 바닥으로 밀어 떨어뜨렸다.

"그 일 때문에 혹시 싸우거나 했다면 내 책임인 거 같아서. 난 그저……."

양희는 말을 고르면서 아주 조심스럽게 말했다.

"책임은 무슨, 네 덕분에 수행평가도 만점 받았는데."

로미는 다시 창밖으로 시선을 옮겼다.

"아무래도 나한테 화난 거 같은데."

"아니야. 신경 쓰지 마."

로미는 눈을 감아 버렸다.

몇백 년 전의 절터나 오래전 죽은 정승의 고택을 돌아보는 동안 로미는 계속 틈을 엿봤지만 은석이에게 단 한마디도 말을 걸 수 없었다. 이상하게도 은석이는 로미의 눈에 잘 띄지 않았고, 용케 찾아내면 다른 아이들과 함께 있어서 다가갈 수가 없었다. 로미는 버스에 올라타고 내리고 대열에 섞여 이동하는 중에도 끊임없이 은석이만 찾았다. 그러는 동안에도 로미의 심장은 너무 빠르게 뛰었다. 로미는 두근거리는 가슴을 진정시키기 위해 자주 앉을 곳을 찾아야 했다.

첫날, 숙소에서 로미는 쉽게 잠을 이루지 못했다. 같은 방에 있는 여자아이들은 샤워를 하고 머리를 말린 다음 서로의 얼굴에 팩을 붙여 주었다. 화장품 파우치를 꺼내 놓고 법석을 떨었고, 각자 캐리어에서 꺼낸 옷들을 서로 바꾸어 입어 보며 깔깔댔다. 모두들 더할 나위 없이 즐거워 보였다. 다들 악몽 같은 건 한 번도 꿔 본 적이 없는 아이들 같았다.

로미는 일찌감치 잠자리에 들었지만 불이 꺼지고 모든 소란이 가라앉은 다음에는 슬그머니 일어나 앉았다. 아이들은 모두 깊이 잠들어 있었다. 저만큼 떨어진 곳에서 낮게 코 고는 소리가 들렸다. 창밖으로는 하얗고 창백한 달이 내다보였다.

이튿날은 하루 종일 비가 내렸다. 뭐야, 2박 3일 중에 둘째 날이 젤 중요한데, 완전 재수없어! 아이들은 투덜대면서도 우비를 입고 빗속을 절벅거리고 돌아다니는 일에 특별한 즐거움을 느끼는 것 같았다. 팔을 파닥거려 빗물을 튀기며 웃고, 물웅덩이를 건

너뛰며 웃고, 미끄러운 계단에서 넘어지는 친구를 보며 웃었다. 웃고, 웃고, 또 웃었다. 웃지 않는 사람은 로미뿐인 것 같았다.

노란색 비닐 우비를 입은 로미는 약간의 광기를 보이는 아이들 사이에 우두커니 서 있곤 했다. 비 때문에 온 세상이 어둑어둑했다. 아이들은 알록달록한 우비를 입고 메뚜기 떼처럼 날뛰고 있어 누가 누군지 하나도 알아볼 수 없었다. 장난치며 낄낄대는 남자아이들 무리에 은석이가 섞여 있는지 아닌지 도무지 알 수 없었다. 이따금 멍하니 서 있는 로미를 잡아끄는 아이가 있어 돌아보면 여지없이 양희였다.

"저리 가자. 벌써 집합 시간이야."

"이쪽이야. 저기 역사 드라마 세트장이 있대."

로미는 양희가 이끄는 대로 휘적휘적 빗속을 걸어 다녔다.

이동하는 버스 안은 눅눅하고 퀴퀴한 냄새로 가득했다. 환기를 위해서인지 버스 기사는 에어컨을 세게 틀어 놓았다. 로미는 빨갛게 얼어붙은 손가락을 청바지에다 문질렀다. 그러자 양희가 배낭을 뒤적거리더니 두툼한 카키색 카디건을 꺼내 로미에게 건네주었다.

"이거 입어. 너 엄청 떨고 있는 거 알아?"

"아."

로미는 카디건을 받아 들고 가만히 있다가 양희의 재촉을 받고서야 천천히 팔을 꿰고 앞자락을 여미었다. 카디건에서는 따뜻하고 달콤한 냄새가 났다. 차츰 떨림이 잦아들었다.

"고마워."

"뭐, 이쯤이야."

"신양희, 너 참 친절하다."

로미가 혼잣말처럼 중얼거리자 양희가 대답했다.

"친절도 병이랄까, 너한테 지은 죄가 있어서랄까."

로미가 양희를 똑바로 바라보자 양희는 싱긋 웃어 보였다.

저녁을 먹고 레크리에이션 시간이 되자 아이들은 이번에도 정신이 나간 게 아닌가 싶을 만큼 날뛰며 소리를 지르기 시작했다. 각 반 대표가 장기자랑을 하러 무대로 올라올 때마다 떠나갈 듯 환호 소리가 울렸다. 설치된 대형 엠프에서는 시종일관 쿵쿵 음악 소리가 흘러나왔다.

로미가 은석이와 정면으로 맞닥뜨린 것은 정규 프로그램이 모두 끝나고 지친 아이들이 하나둘씩 강당에서 자리를 뜨고 있을 무렵이었다.

이쯤이면 빠져나가도 그리 튀지 않겠다 싶어서 로미는 자리에서 일어났다. 내내 로미의 옆자리를 차지하고 있던 양희는 언제부터인가 보이지 않았다. 아마도 강당 한가운데 엉터리로 팔다리를 휘저으며 춤추는 아이들 사이에 섞여 있을 것이었다.

강당 밖 복도에는 몇몇 아이들이 서성이고 있었지만 비교적 한

산했다. 커다란 격자무늬 창문에 희미하게 형광등이 켜진 복도 안이 고스란히 비쳐 보였다.

이번에도 로미를 알아본 건 은석이가 먼저였다. 화장실에 갔다 오던 중인지 방심하고 있던 은석이는 로미를 보자 우뚝 멈춰 섰고, 재빨리 돌아섰다. 하지만 넓고 긴 복도에는 따로 몸을 피할 곳이 없었다.

"이은석!"

은석이는 못 들은 척했지만 로미는 다급하게 은석이를 뒤쫓았다.

"이은석, 나 좀 봐. 이은석!"

주위에 있던 아이들이 로미와 은석이에게로 주의를 돌렸다. 은석이는 어쩔 수 없다고 생각했는지 로미를 이끌고 아이들의 시선이 미치지 않는 구석으로 갔다.

로미는 오른손으로 왼쪽 가슴을 눌러 잠시 숨을 고른 다음 말했다.

"이은석, 너 나한테 왜 이래?"

"너야말로 왜 이러는데?"

은석이가 버럭 소리를 쳤다. 벤치에 앉아 있던 로미는 깜짝 놀라 은석이를 올려다봤다. 은석이는 주위를 둘러본 다음 한숨을 내쉬었다.

"최로미, 있지."

은석이가 목소리를 낮추고 머뭇거리며 말을 꺼냈다.

"나는 네가 너무 불편해."

"아냐, 불편해하지 마."

로미가 손사래를 쳤지만 은석이는 고개를 저었다.

"네가 불편해하지 말란다고 불편하지 않은 게 아니잖아."

학교에서 은석이는 말수가 적은 아이였다. 얼굴이 희고 키가 커서 여자아이들의 관심을 끌기도 했지만 그런 종류의 관심은 오래가지 못했다. 걔, 재수 없지 않냐? 아까 그 눈빛 봤어? 주말에 시간 있냐니까 뭐? 할 일이 많아서? 누군 할 일이 없어? 야, 무슨 말이 필요해. 로미한테 하는 거 봐라.

로미는 키다리 피에로가 되었을 때의 은석이를 잘 알았다. 은석이는 지나가는 아이들에게 먼저 손을 흔들며 말을 걸었고 풍선을 불거나 손재주를 부릴 때면 과장되게 어깨를 들썩거려 사람들을 웃게 했다. 은석이는 몰랐겠지만 로미는 이후에도 꽤 여러 번 은석이가 알바를 하는 곳에 찾아가서 몰래 지켜보곤 했다. 은석이는 인문계 고등학교에 입학한 것도, 알바를 더 많이 해서 살림에 보탬이 되지 못하는 것도, 서울에 있는 사립대학을 꿈꾸는 것도 엄마한테 죄송한 일이라고 했다. 엄마와 이혼한 후 아버지는 연락을 끊었고, 은석이의 여동생은 너무 어렸다. 그 이야기를 할 때 은석이의 눈은 무척 슬퍼 보였다.

로미는 기꺼이 은석이에게 도움이 되고 싶었다. 은석아, 내가 갑자기 학원에 다니게 돼서, 너 내 제1학습실 자리 쓸래? 이거 어쩌지, 공짜로 생긴 수강권인데 출석 못 하면 다음에도 기회가 없어서. 혹시 너 시간이 되면……. 은석이는 번번이 거절했지만 그래도 로미는 은석이에게 무얼 해 줄 수 있을까 열심히 궁리했다.

"그때 쇼핑몰에서 만났을 때 너한테 괜히 내 이야길 했어. 내가 좀 과장했나 봐. 그거 그냥 넋두리였어. 푸념 같은 거. 네가 주는 먹을 거랑 학원 책 같은 거, 처음에는 별생각 없이 받았는데 내가 실수했다."

로미는 입을 벌린 채 은석이의 말을 들었다.

"미안해. 이제 학원 교재 안 가져올게."

"교재 얘기가 아니야."

"이러지 마, 이은석. 난 그냥 너한테 좋은 친구가 되고 싶은 거야. 너 말고는 친구도 없어."

로미는 벤치에서 일어나 은석이에게 다가섰다.

"아, 미치겠네."

은석이가 발을 쾅 구르는 바람에 로미는 얼결에 뒤로 한 걸음 물러섰다.

"최로미, 마지막으로 한 번만 더 말할게. 나 너랑 친하게 지내고 싶은 생각 없어. 대체 우리가 무슨 사인데? 나는 네가 주는 물병도 지긋지긋하고, 지금 이 상황도 짜증 나. 네가 내 주위에 얼쩡대는 것도 싫고, 다른 애들한테 너하고 관련된 이야기 듣는 것도 싫어. 알겠어?"

쿵쿵, 쿵쿵, 쿵쿵. 강당의 두툼한 출입문이 열렸다 닫힐 때마다 음악 소리가 커졌다 이내 다시 작아졌다. 로미는 쿵쿵, 발바닥을 두드리며 울리는 소리가 강당 안에서 새어 나오는 소리인지 자기 가슴속에서 나는 소리인지 구분할 수가 없었다.

그날 밤, 로미는 늦도록 잠들지 못했는데 새벽녘에 겨우 잠이 들었을 때 아주 오랜만에 꿈속에서 피에로를 보았다. 거의 10년 만이었을 것이다. 피에로는 노란 가발을 쓰고 파란 양복을 입고 있었지만 은석이는 아니었다. 옛날의 그 피에로였다. 이번에 피에로는 로미를 뒤쫓아 오는 대신 로미에게서 끝도 없이 도망을 쳤다.

꿈에서 깨어난 로미는 어둠 속에서 왼쪽 가슴에 손바닥을 대고 가만히 앉아 있었다. 가슴은 진정될 기미가 보이지 않았다. 쿵쿵, 쿵쿵, 쿵쿵, 로미의 심장은 먼 데서 울리는 천둥이나 거인의 발소리처럼 불길한 박자로 뛰었다.

밖으로 나와 보니 희미하게 동이 트고 있었다. 하늘은 무겁게 가라앉아 있었지만 비는 그쳐 있었다. 로미는 2층 테라스 구석에 앉아 뿌옇게 안개에 휩싸여 있는 숲을 내다보았다. 그리고 벽에 머리를 기대고 조금 울었다.

로미한테는 언제나 친구 사귀는 일이 어려웠다. 잘 모르는 아이에게 말을 걸고 서로의 공통점을 발견하고 호감을 느끼며 가까워지기까지 시간이 너무 오래 걸렸고, 로미가 망설이는 동안 그 친구는 어느새 다른 단짝과 화장실에 다녀오며 시시덕거리곤 했다. 다른 아이들은 어떻게 그렇게 금세, 심지어는 과학 실습이나 운동회 율동 연습 같은 걸 함께하며 몇 시간 만에 친해지는지 불가사의하게 느껴졌다. 결국 로미가 이야기하고 가깝게 지내는 친구들은 대개 로미뿐 아니라 다른 모든 아이들하고도 친한 경우가 많았다. 사교적이고 마음씨 좋고 느긋한 성격이라 두루 인기 많은, 이를테면 신양희 같은 아이들. 그러나 로미가 배타적으로 우정을 주장하고 나서면 그 애들은 화들짝 놀라며 물러섰다. 난 너랑 그렇게 친하다고 생각 안 했는데.

로미가 슬픔에 빠져 있을 때 누군가 슬그머니 옆에 와서 앉았다. 돌아보니 양희였다. 신양희, 누구에게나 친절하고 따뜻한 아이. 양희는 어제 로미에게 빌려주었던 카디건을 들고 있다가 로미의 어깨에 걸쳐 주었다.

"춥지 않니? 너 추위 많이 타는 것 같던데."

양희는 막 자고 일어나서 단발머리 한쪽이 약간 부스스하게 뻗쳤고 눈두덩이 살짝 부어 있었다. 세수를 안 했는데도 얼굴이 말갛고 예뻤다. 로미와 눈이 마주치자 양희는 환하게 웃었다. 아무것도 모르는 듯 해맑고 순진하게.

로미는 그런 양희를 한참 쳐다봤다. 처음에는 멍하니, 그다음에는 주의 깊게, 마지막에는 분노를 담아서. 로미를 마주 보고 있던 양희의 얼굴에서 조금씩 조금씩 웃음기가 가시었다.

로미는 천천히 어깨에서 카디건을 끌어 내린 다음 바닥에 떨구었다. 양희의 눈이 커졌다. 로미는 그런 양희의 얼굴에서 시선을 거두지 않았다. 머릿속에서 핏기가 사악 가시는 느낌이었다.

"너 때문이야."

로미가 억양 없는 목소리로 말했다. 카디건을 집어 들던 양희가 멈칫했다.

"너 때문에 다 망쳤어. 쥐뿔 아는 것도 없으면서."

"뭐?"

양희는 동그래진 눈으로 로미의 입만 바라봤다.

"너만 아니었으면 다 잘됐을 거야. 은석이가 나한테 그렇게 차갑게 굴 일도 없었을 거고, 캔 커피를 돌려주지도 않았을 거야. 우린 여전히 잘 지냈을 거야."

"아, 그래?"

양희가 힘없이 대꾸했다. 로미는 그런 양희한테 점점 더 화가 났다.

"넌 아무것도 몰라. 은석이가 어떤 애인지, 얼마나 불쌍한 애인지, 나한테 얼마나 잘해 줬는지, 얼마나 잘 웃어 줬는지, 넌 아무것도 모르잖아."

양희는 뜻밖의 봉변에 한참을 가만히 있었다. 로미의 눈에, 땅

바닥에 시선을 고정한 채 두 팔로 카키색 카디건을 껴안고 있는 양희는 무책임하고 대책 없고 하찮은 존재로 보였다.

"네가 뭔데, 네가 뭔데, 네까짓 게 뭔데!"

로미의 목소리가 높아지자 테라스 유리문으로 하나둘 아이들이 모여들었다. 아이들은 멀찍이 서서 수군대기 시작했다. 누군가 말했다. 쟤 어젯밤 남자애한테 차였던 애 아니야?

잠시 뒤, 양희가 조금 비틀거리면서 일어섰다.

"미안하다. 진작 말해 주지 그랬어. 난 우리가 좀 친해졌다고 생각했는데."

로미가 올려다보자 양희는 로미의 눈을 잠깐 들여다보다가 돌아섰다. 그리고 자리를 뜨기 전에 단호한 목소리로 말했다.

"이제 아는 척 안 할게. 됐지?"

몇몇 여자애들이 양희에게 다가와 어깨를 감싸 안았다. 웬일이니, 그러게 뭐랬어? 뭐하러 저런 애를 상대해 주냐구. 최로미, 지금 어디다가 화풀이하는 거야? 미친년!

몰려들었던 아이들은 양희를 따라 썰물처럼 한꺼번에 빠져나가 버렸다. 테라스에 남은 건 로미뿐이었다.

시간이 얼마나 지났는지 모르겠다. 어느새 심장의 두근거림은 잦아들었다. 이제 심장은 묵직하게 내려앉았다.

추위를 느낀 로미는 어깨를 움츠리고 팔뚝을 문지르다가 청바지 주머니에 두 손을 찔러 넣었다. 왼쪽 주머니에서 무언가 딱딱하고 네모난 것이 만져졌다. 꺼내 놓고 보니 그제 버스 안에서 양희가 주었던 캐러멜이었다.

로미는 손바닥에 얹어진 네모난 캐러멜을 한참 동안 들여다봤다. 반투명 기름종이에 싸인 갈색 캐러멜은 두말할 나위 없이 완벽한 캐러멜이었다. 캐러멜은 캐러멜이다, 아무 의미도 없는 그냥 캐러멜. 로미는 반듯하게 겹쳐진 기름종이를 벗기고 캐러멜을 입에 넣었다. 캐러멜을 깨물자 달콤한 향이 입 안 가득 퍼졌다. 이거 엄청 맛있는 캐러멜이다, 한번 먹으면 끝장을 보기 전까지는 멈출 수가 없어. 양희가 그렇게 말했었지, 아마.

로미는 천천히 캐러멜을 씹으며 자리에서 일어났다. 캐러멜은 입 안에서 조금씩 잘게 부서져 목구멍으로 스며들었다.

이제 어디로 가야 하나. 로미는 잠깐 망설였지만 이내 고개를 젓고 발걸음을 옮겼다.

먼 숲에서 삣삣, 하고 새 소리가 들려왔다. 새들이 깨어나는 시간이었다.

장 은 선 …

지킬의 비극

"난 걔 싫어."

그렇게 말하자, 상은이가 고개를 갸우뚱거리며 의아한 눈으로 나를 바라보았다.

나는 교실 안을 훑었다. 쉬는 시간의 교실은 충분히 소란스러웠지만, 만에 하나라도 정나미가 내 말을 들었을까 불안했다. 그러나 정나미의 모습은 보이지 않았다. 화장실에라도 간 모양이다.

상은이가 작은 목소리로 물었다.

"누구? 나미? 왜?"

"잘난 척이 심하잖아. 지난번에 시험 봤을 때, 내 표정 안 좋은 거 뻔히 보면서도 몇 점 나왔냐고 물어보는 거 있지? 나보다 공부 좀 잘한다고."

"그랬어?"

"눈치도 진짜 없어. 너랑 나랑 얘기하는데 자꾸만 끼어들잖아. 런닝맨도 안 보고, 우리 얘기 내용 하나도 모르면서."

"지난주 방송은 봤던데?"

"그것도 웃겨. 처음엔 뭐 그런 걸 보냐고 무시했거든? 우리 사이에 끼어들려고 챙겨 본 게 딱 보인다고."

내가 입을 비죽이며 대꾸하자, 상은이가 떨떠름하게 웃더니 고개를 끄덕였다.

"걔가 약간 그런 구석이 있긴 해."

"그렇지?"

그래, 나는 정나미가 싫었다. 그 애가 우리 사이에 끼어들면 불안했다. 웃기지도 않은 정나미의 이야기에 까르르 웃는 상은이의 얼굴을 볼 때마다, 중학교에 입학했을 때부터 같이 지냈던 상은이가 나보다 나미를 더 좋아하는 것 같아서 가슴이 철렁 내려앉았다. 더 이상은 참을 수 없었기에, 내가 나미를 싫어한다는 사실을 상은이에게 대놓고 말했던 것이다.

그것은 나인지 정나미인지 선택하라는 경고이기도 했다. 상은이가 분명 나를 선택할 거라는 자신이 있었다. 1년 동안 단짝이었던 상은이가, 내가 아닌 나미 편을 들 거라는 상상은 할 수도 없었다. 오히려 이 비밀 대화가 우리 사이를 더 돈독하게 만들어 줄 거라 생각했다. 이틀 후, 정나미가 씩씩대며 나에게 다가오기 전까지는 말이다.

여우처럼 눈꼬리를 치올린 정나미가 내 책상을 탁 내려쳤다.

"야, 이지희! 너 나 씹었지?"

불시에 기습당한 나는 애써 태연한 표정을 지으면서 정나미를 째려보았다. 일단 잡아떼고 봐야 한다. 여기서 기세에 밀리면 패배를 인정하는 것이나 다름없다.

"무슨 소리야? 그, 그런 적 없어."

"하, 웃기시네. 다 알고 왔거든? 불만 있으면 앞에서 당당하게 얘기해. 중학생씩이나 돼 가지고 유치하게 뒤에서 까냐? 한 번 더 걸리면 진짜 가만 안 둔다."

나에게 일방적으로 쏘아 댄 정나미는, 육중한 몸을 휙 돌리더니 교실 앞쪽의 자기 자리로 쿵쿵 걸어가 버렸다. 혼자 남겨진 나는 사방에서 쏟아지는 시선을 못 이기고 복도로 몸을 피했다.

'정나미가 어떻게 내가 자기 씹은 걸 알고 있지?'

그 해답을 찾기까지 시간이 오래 걸리진 않았다. 교실로 돌아간 순간, 나미 자리 옆에 서서 웃으며 떠드는 상은이의 모습이 눈속으로 뛰어 들어왔기 때문이다.

온몸의 혈액이 거꾸로 치솟는 것처럼 얼굴이 벌겋게 달아올랐다.

'야, 박상은! 네가 어떻게 이런 식으로 내 뒤통수를 쳐?'

입술을 앙다물고서 무서운 눈으로 상은이의 옆얼굴을 쏘아보았지만, 상은이는 끝까지 내 쪽을 쳐다보지 않았다.

그날 이후 상황은 역전되었다. 상은이는 나미와 함께 다니기 시작했고, 나의 존재는 투명인간이라도 된 것처럼 무시당했다. 정말이지 기가 막히고 화가 나서 펄쩍 뛰고 쓰러질 노릇이었지만 딱히 해결 방법이 보이지 않았다.

우물쭈물하는 사이 더 심각하고 현실적인 문제가 들이닥쳤다. 바로 점심시간이었다. 상은이와 사이가 틀어지고 나니 식당에서 같이 밥 먹을 사람이 없었다. 혼자서 밥 먹는 외로움보다 더 두려운 것은 다른 아이들의 시선이었다. 결국 나는 운동장 구석 벤치에 앉아 매점 빵을 씹었다.

내가 먼저 박상은과 정나미에게 숙이고 들어갈 수는 없었다. 자존심도 상했지만, 이제 와 사과한다고 해서 걔네가 나를 다시 받아 줄지도 의문이었다. 하지만 어떻게든 이 상황에서 벗어나지 못하면 반에서 완전히 고립된다. 이대로는 안 된다는 위기감에 코끝이 시큰거렸다.

교실 뒤쪽에 앉아 스마트폰으로 웹툰을 넘겨 보는 김하연을 발견한 것은 식당에 못 간 지 사흘 정도 지났을 무렵이었다.

"어? 〈신의 탑〉이네? 너도 이거 봐?"

웹툰 제목을 대며 말을 걸자 손끝으로 스크롤을 내리던 김하연이 고개를 들었다. 하연의 동그란 안경 너머로 눈이 마주쳤다. 의외라는 듯한 눈길을 마주한 나는 조금 머쓱해졌다.

김하연과 나는 올해 처음으로 같은 반이 되었고, 아직 서로 말을 나눠 본 적이 없다. 솔직히 얼마 전까지는 이 아이의 존재에 관심조차 없었다. 쉬는 시간에 선생님 몰래 스마트폰을 만지작거리거나 책상 위에 홀로 엎드려 있는 등, 친구가 없는 아이라는 느낌이 김하연에 대해 내가 갖고 있는 인상 전부였다.

하지만 지금은 상황이 다르다.

하연이 안경을 추켜올리면서 물었다.

"너도 이거 알아?"

"어. 우리 사촌 오빠가 이거 되게 좋아해. 밤 진짜 귀엽지 않냐?"

"응, 엄청 귀엽지. 이런 애가 어쩌다가 라헬 따위랑 얽혀서……."

"아, 라헬 진짜 짜증 나!"

웹툰의 최근 전개를 얘기하며 열을 올리는데 수업 시간을 알리는 종이 울렸다. 다음 쉬는 시간에 나는 다시 김하연의 자리로 가서 끊긴 이야기를 계속했다. 점심시간이 되자 우리는 자연스럽게 같이 식당으로 내려갔다.

하연은 웹툰을 꽤 많이 보는 모양이었다. 네이버나 다음뿐만 아니라 처음 듣는 웹툰 앱이 폰 속에 잔뜩 깔려 있었다. 대화 중에도 계속 스마트폰을 만지작거리는 하연을 지켜보던 내가 말했다.

"너 그렇게 휴대폰 쓰는 티 내다가 쌤한테 뺏긴다?"

"괜찮아, 어차피 바꿀 때 됐어. 엄마가 또 사 주겠지 뭐."

폰을 내려다보던 하연이 대수롭지 않다는 듯이 대꾸했다. 그러더니 흘러내린 머리카락을 등 뒤로 쓸어 넘기며 어깨를 으쓱했다.

"우리 친가 쪽에 땅이 좀 많거든? 강남 빌딩 열 개 중 하나는 우리 할아버지 거야. 그래서 아무것도 안 해도 그냥 돈이 막 들어온대."

하연은 자기 엄마가 젊었을 때 잘나가는 모델이었기 때문에 외가 쪽으로 연예인 인맥이 상당하다며 한참 동안 그 얘기를 했다.

자기 집에서 여는 화려한 연말 파티, 어마어마하게 비싼 코스 요리, 이제까지 만나 본 연예인들.

나는 입을 다물지 못한 채 하연의 이야기를 들었다. 반에서 존재감도 별로 없던 하연이 그렇게 빵빵한 집 애였다니, 전혀 모르고 있었다. 나도 모르게 몸을 앞으로 끌어당겼다.

"야, 그럼 너 김수현 본 적 있어? 김수현 원래 모델이었는데."

"당연하지. 김수현은 우리 엄마 후배거든. 실제로 보면 머리통 진짜 작다? 비율도 거의 9등신이구. 매너도 되게 좋아. 내게 무슨 케이크를 좋아하는지 묻더니 그걸 기억해 놨다가 생일 때 선물로 사 오더라구."

"우아, 좋겠다. 직찍 없어 직찍?"

내가 안달하면서 묻자 하연이 손을 휘휘 내저었다.

"그런 건 연예인 자주 못 만나는 애들이 어거지로 찍는 거지. 우린 자주 만나니까 오히려 사진 안 찍어. 스캔들 위험도 있고."

"진~짜 부럽다. 하아, 나도 김수현……."

나는 한숨을 쉬며 책상 위로 풀썩 엎어졌다.

다음 날, 교실로 들어선 나는 하연의 자리를 힐끔거렸다. 하연은 몸 상태가 안 좋은지, 팔 사이에 얼굴을 파묻고서 책상 위에 엎드려 있었다.

학교에 오자마자 말을 걸면 너무 갑자기 친한 척하는 것처럼 보일까? 그래도 어제 그만큼 얘기했으니까 괜찮지 않을까? 하지만 지금 엎드려 있다는 건 혼자 있게 내버려 두라는 신호일 수도 있는데……. 아니지, 몸이 아픈 거라면 오히려 말을 걸고 걱정해 주길 바랄지도 몰라.

고민하던 나는 결국 하연에게로 다가가 어깨를 살짝 두드렸다.

"하연아, 왜 그래? 어디 아파?"

하연이 부스스 일어나더니 이마를 찌푸렸다. 교복 소맷자락 자국이 볼에 희미하게 남아 있었다. 하연이 안경을 집어 쓰면서 대꾸했다.

"별거 아냐. 어젯밤 안 좋은 꿈을 꿔서."

"꿈?"

내가 되묻자 하연이 주변을 잠깐 둘러보더니 말소리를 낮췄다.

"이건 비밀이니까 아무한테도 말하지 마."

하연의 은밀한 목소리에 긴장한 나는 고개를 끄덕였다. 하연이 속삭이듯이 말했다.

"나, 전생 꿈 꾼다."

"……뭐?"

나는 눈을 끔벅거리며 대답할 말을 찾지 못하고 굳어 버렸다.

"뭐, 전생? 진짜?"

하연이 심각한 얼굴로 눈을 내리깔았다.

"응. 내용도 순서도 엉망이고 매일 꾸는 것도 아니지만, 예전 삶의 기억이 가끔 꿈에 나오더라구."

나는 어떤 반응을 보여야 할지 몰라 침묵했다.

차라리 귀신이 보인다고 말했다면 지금만큼 어이가 없진 않았을 것 같다. 무슨 만화도 아니고 전생이라니……. 하지만 하연은 내가 기막혀하는 것을 눈치채지 못했는지 이야기를 이어 갔다.

"전생의 나는 중세 유럽에서 살았는데, 우연히 지나가던 귀족 남자가 내게 한눈에 반해서 청혼을 했거든. 그런데 신분이 다르다고 남자 집안에서 반대를 했지. 둘이서 한밤중에 몰래 도망가기로 했는데, 어젯밤엔 결국 들켜서 잡혔어."

"잡혀서, 어떻게 됐는데?"

내가 묻자 하연이 고개를 저었다.

"아직 거기까지는 꿈에 안 나왔어. 그래서 그 뒤에 어떻게 되었는지 몰라. 그치만 우리가 이번 생에서 맺어지지 못하더라도 다음 생에서 꼭 다시 만나자고 약속한 건 기억나. 그래서 내가 전생을 기억하나 봐. 그 사람을 찾아야 하니까."

하연이 가볍게 한숨을 쉬며 자국이 남은 볼을 쓰다듬었다. 내가 다시 물었다.

"그 사람을 어떻게 찾는데? 얼굴 기억나?"

"아니. 꿈속이라 그런지 얼굴이 흐릿해. 하지만 내 앞에 나타나면 그 사람이라는 걸 단번에 알아볼 수 있을 거야. 문제는 두통이야. 전생 꿈을 꾼 다음 날이면 꼭 머리가 아파서……."

"헐."

'거짓말하지 마'와 '머리가 좀 이상한 거 아니야?'라는 문장이 머릿속에 떠올랐지만, 양쪽 다 차마 입 밖에 낼 수가 없었다. 갈피를 잡지 못한 나는 대충 얼버무리고서 내 자리로 돌아왔다.

다음 날 점심시간에도 하연과 함께 밥을 먹었다.

식판을 사이에 두고 마주 앉은 하연은 숟가락 손잡이의 끄트머리로 관자놀이를 문지르며 이맛살을 찌푸렸다.

"어휴, 이놈의 두통. 어젯밤에도 또 전생 꿈을 꿨어. 이제 좀 그만 꿨으면 좋겠는데……."

"왜? 꿈속에서라도 알렉산더 얼굴을 볼 수 있으니까 좋지 않아?"

약간 빈정대는 투로 대꾸하며 밥을 떠 넣자, 하연이 투덜거렸다.

"그렇긴 하지만, 깨어나면 괜히 더 허무해지잖아. 지금 당장 만날 수 있는 것도 아닌데."

알렉산더는 하연의 전생 꿈에 나오는 연인의 이름이다. 하연 자신은 '카린'이라는 이름으로 불렸다고 했다.

"어젯밤 꿈에는 알렉산더와 함께 사람들 눈을 피해서 초원으로 산책을 나갔어. 알렉산더가 말을 아주 잘 타더라. 아마 승마가 특기인 것 같아."

헐, 승마아아? 가만 듣자 듣자 하니 별소리를 다 한다. 조금 전 내가 비꼬듯이 말한 건 아무 효과가 없었던 모양이다. 나는 한 번 더 찔러보기로 했다.

"근데, 나라는 기억 안 나? 카린과 알렉산더가 어느 나라 사람이었는지 모르냐고."

정말로 그것이 전생의 기억이라면 네가 어느 나라 사람이었는지 정도는 기억하고 있어야 하지 않겠어? 그런 의미로 물어본 건데, 하연은 어깨를 으쓱했다.

"그걸 모르겠어. 전생의 꿈은 음향만 빼 버린 것처럼 아무 소리도 안 들리거든. 그냥 영상만 보이지. 아마 스위스일 것 같아. 예전에 산 아래 호수에서 만나는 꿈을 꾼 적이 있으니까."

아아, 그러셔?

하연의 꿈이 정말 전생인지, 아니면 정신병인지 나로서는 알 수 없다. 아니, 원래대로라면 전생이든 병이든 나와는 상관없는 얘기니 '그러냐'고 한마디 하고서 돌아서면 그만이다.

하지만 지금 그럴 순 없다. 망상이라고 단정해 버리면 하연과의 관계가 거북해진다. 또다시 외톨이가 되는 것만은 피하고 싶었다. 그렇다고 순순히 하연의 이야기를 인정하자니, 바보 취급 당하는 것 같아 마음이 불편했다.

더 이상 말을 섞기도 귀찮아서 식판에 집중하려는데, 하연의 어깨 너머로 낯익은 얼굴들이 보였다. 상은이와 나미였다. 이쪽을 힐끔거리면서 저희끼리 뭐라고 속닥거리는 모습이 영화 속 클로즈업 장면처럼 눈에 확 들어왔다. 딱지가 앉지도 않은 상처가 재차 후벼 파인 것처럼 욱신거렸다.

나는 보란 듯이, 일부러 들뜬 목소리로 하연에게 말을 걸었다.

"그래서? 산책 나간 다음에는 어떻게 됐어? 응?"

내가 관심을 보이자 하연의 표정이 활짝 피어났다. 하연이 손동작까지 곁들여 가며 수선스럽게 설명했다.

"말에게 물을 먹이려고 냇가에 잠시 멈춰 섰는데, 알렉산더가 내 허리를 붙잡고 말에서 내려 줬어. 근데 땅에 내려와서도 내 허리를 놓지를 않는 거야. 놀라서 올려다봤더니, 그가 굉장히 로맨틱한 눈으로 날 바라보고 있더라고. 그러더니……."

하연이 선언하듯이 말했다.

"나한테 키스했어!"

"우와아아! 대박!"

우리는 깔깔거리면서 발을 구르고 식탁을 내리쳤다. 건너편에 앉아 있는 상은이와 나미의 시선이 느껴졌다. 그래서 나는 평소보다 더 호들갑을 떨며 맞장구를 쳐 주었고, 하연은 발갛게 상기된 얼굴로 전생 이야기를 계속했다.

그렇게 듣다 보니, 어쩌면 하연이 정말로 전생 꿈을 꾸는 걸지도 모르겠다 싶었다. 망상만으로 이렇게까지 자세하고 생동감 있는 이야기를 지어낼 수 있을까? 그래, 이런 얘기 한다고 득 보는 것도 없는데 하연이 왜 거짓말을 하겠어? 귀신을 보는 사람도 있고 미래를 예언하는 사람도 있는데, 전생을 기억하는 사람이 없다고 잘라 말할 수는 없잖아. 하연의 꿈처럼 신기하고 로맨틱한 사건이 내게도 일어났으면 좋겠다는 생각이 들기도 했다.

아이들이 끼리끼리 모이는 쉬는 시간이면, 나도 약속한 듯이 하연의 자리로 다가갔다. 그러면 하연은 머리가 아프다고 투덜거리며 매번 전생 이야기를 꺼냈다.

솔직히 전생 이야기는 내가 좋아하는 화제가 아니었다. 들으면 들을수록 그런 신기한 꿈을 꾸는 하연이 부러워졌고, 가끔은 못 견디게 질투 났다. 잠자코 고개를 끄덕이며 들어 주다가도, 얘기가 지겨워지면 딴청을 부리며 휴대폰을 들여다봤다. 그러면 하연은 미간을 찌푸리고서 비척비척 일어나 화장실로 세수하러 가곤 했다.

그러던 어느 날, 침대에서 뒹굴며 새벽까지 트위터의 타임라인을 확인하다가 그대로 곯아떨어졌을 때였다. 이상한 꿈을 꾸었다.

꿈속의 나는 작은 수로를 따라 걸어가고 있었다.

머리 위쪽으로 회색 돌다리가 보인다. 다리를 지나쳐 계속 걷는다. 남루한 옷을 입은 사람들이 내 옆을 스쳐 지나간다.

이상한 기분이다. 낯선 듯 낯익은 듯, 모르는 장소인데도 어딘지 친숙하다. 어디로 가야 할지도 확실히 알고 있다.

그대로 쭉 걷다가 왼쪽 언덕으로 올라간다. 언덕 끄트머리에 듬성듬성 난 나무들이 보인다. 그 앞에 작은 통나무집이 서 있다.

문간에 어떤 남자가 보인다. 종종걸음으로 그에게 다가간다. 그가 나를 내려다보며 미소 짓는다.

내게 뭐라고 말을 건네는데, 이상하게도 들리지가 않는다. 소리가 지워진 세상에서 부질없이 움직이던 그 입술이 나를 향해 내려온다.

그리고…….

"헉!"

눈이 번쩍 뜨였다. 물속에 잠겨 있다가 바깥으로 빠져나온 것처럼, 세상의 음향이 동시에 켜졌다. 세면대에 물 쏟아지는 소리, 그릇 달각이는 소리. 아침을 알리는 소음들이다. 눈앞에는 익숙한 내 방 천장이 펼쳐져 있었다. 나는 잠시 동안 멍한 채로 그냥 누워 있었다.

꿈이었구나……. 너무도 생생한 꿈이었다. 특히 마지막 부분.

꿈의 마지막 부분이 다시 떠오르는 순간, 반사적으로 이불을 머리끝까지 뒤집어썼다. 숨이 막혔지만 창 너머 눈부신 햇살이 부끄러워 어쩔 수가 없었다.

세상에, 키스하는 꿈이라니! 어떡해! 꺄악!

이불을 다리 사이에 말아 잡은 채 오른쪽 왼쪽으로 세 번씩 구르던 나는 문득 깨달았다.

혹시 이게…… 내 전생인가?

"야, 하연아! 김하연!"

교실로 들어서자마자 하연을 향해 돌진했다. 언제나처럼 자기 책상 위에 쓰러져 있던 하연은 관자놀이를 문지르며 나를 올려다보았다.

"왜 이렇게 난리야? 좀 조용히 해, 나 머리 아프다구. 어젯밤에도……."

"그래, 그거야! 나 어젯밤에 전생 꿈 꿨어!"

들뜬 목소리로 말하자, 하연이 안경을 고쳐 쓰더니 놀란 눈으로 나를 뚫어져라 쳐다보았다. 나는 좌심방 우심실로 널뛰는 심장 고동을 겨우 진정시키면서 어젯밤에 꾼 꿈 이야기를 하연에게 털어놓았다. 꿈속에서 본 풍경, 사람들, 마지막에 등장한 통나무집과 남자까지.

"전생 꿈이란 거, 정말 신기한 감각이더라. 낯선 것 같은데 낯익고, 나 같은데 내가 아니고. 풍경을 볼 때 아주 옛날은 아닌 것 같았어. 아마 한국 같은데……."

"두통은?"

하연이 내 설명을 자르면서 싸늘한 목소리로 물었다.

"뭐?"

"두통은 없어?"

"어, 뭐……. 괜찮은 것 같은데."

가라앉은 목소리로 말하는 하연에게 나는 떨떠름히 대답했다. 하연이라면 훨씬 호들갑을 떨 줄 알았는데 의외로 차가운 반응이었다.

“그럼 그거, 전생 꿈이 아닐 거야.”

하연이 딱 잘라서 말했다.

그 말을 듣는 순간 거짓말처럼 흥이 싸악 식었다.

“뭐? 왜?”

“두통이 없잖아. 전생 꿈이라면 두통이 있어야지.”

걷어차인 것 같은 배신감이 몰려왔다. 이제까지 내가 지 얘기를 얼마나 열심히 들어 줬는데, 어떻게 나한테 니가 이럴 수 있어?

“근거가 뭔데? 네 머리가 아프다고 해서 나도 꼭 머리가 아파야 한다는 법이라도 있니? 참 어이가 없네.”

그렇게 말한 나는 휙 돌아서서 내 자리로 걸어갔다. 하연도 나를 붙잡지 않았다.

그날 하루 동안 우리 둘은 서로에게 말을 걸지 않았다. 다행인지 불행인지, 다음 날은 토요일이었다. 주말을 보내고 월요일에 다시 마주친 우리는 아무 일도 없었다는 듯이 함께 밥을 먹었다. 하연도 나도 두통이나 전생 이야기는 하지 않았다.

그렇게 며칠이 흐른 어느 날, 새로운 사건이 터졌다.

아침에 교문을 통과하는데, 낯익은 뒤통수가 보였다. 노란색 머리끈으로 묶어 내린 머리카락, 김하연이었다. 달려가 하연의 어깨를 두드렸다.

"야, 김하연!"

하연이 나를 돌아보았다. 시선이 마주친 순간, 예상치 못한 표정에 놀란 나는 그만 뒤로 한 걸음 물러섰다. 안경 너머로 비치는 하연의 눈빛이 너무나도 싸늘했던 것이다. 너 누구냐고, 너 같은 거 모른다고 쏘아붙이는 듯한 눈이었다.

어?

팔뚝에 닭살이 돋았다. 당황한 나는 시선을 돌려 딴청을 부렸고, 그런 나를 잠시 동안 쳐다보던 하연은 아무 말도 없이 현관으로 들어가 버렸다. 회색 교복 치마가 팔랑거리며 그늘 너머로 사라지는 것을 확인한 나는 발을 구르며 운동장 흙을 걷어찼다.

아니, 재가 왜 저래? 나한테 뭐 화나는 일이 있었나? 그럼 말로 해야지, 저 싸가지 없는 태도는 뭐야? 기가 막혀!

아침부터 불쾌한 기분으로 교실에 들어섰다. 의자에 앉아 긁는 속을 삭이는데, 항상 자기 자리에서 내가 올 때까지 기다리던 하연이 웬일로 내게 다가왔다. 아침 인사를 건네는 목소리는 사근사근하기까지 했다.

"지희야, 안녕? 어제 〈연애혁명〉 올라온 거 봤어?"

뭐 이런 게 다 있어? 나는 하연을 올려다보았다.

"뭐 하자는 거야? 조금 전에 운동장에서 날 무시한 지 얼마나 지났다고."

내 반응을 본 하연이 어리둥절한 표정을 지으며 고개를 갸웃

했다.

“운동장에서?”

“그래! 바로 전에!”

따지고 들자, 하연이 당황한 얼굴로 입을 다물었다. 그러더니 걱정스럽게 물었다.

“어…… 정말로? 내가?”

“너 왜 그래? 머리 어떻게 된 거 아냐?”

나는 하연을 올려다보았다. 뭔가 이상하다. 운동장 일은 여전히 짜증 나지만, 이쯤 되니 오해가 있나 싶어 오히려 불안해졌다. 내 태도가 약간 누그러졌다는 것을 눈치챘는지, 우물쭈물하던 하연이 조그맣게 말했다.

“실은…… 요새 내가 좀 이상하거든.”

“뭐가?”

“비밀, 지켜 줄 수 있어?”

입을 비죽이 내민 채 잠시 침묵하자 하연이 속삭였다.

“기억이 끊길 때가 있어.”

“뭐?”

“잠깐 존 것 같은데, 정신을 차려 보면 내가 전혀 다른 곳에 와 있는 거야. 분명히 학교에 있었는데 다음 순간 내 방에 있거나, 매점에 가려고 했는데 정신 차려 보니 화장실이거나. 그 사이의 기억이 나한테 없어.”

생각지도 못한 고백에 나는 화난 것도 잊은 채 하연을 뚫어져라 쳐다보았다. 하연은 무척 불안해 보이는 표정으로 손가락을 만지작거리고 있었다.

"어…… 정말? 그건 좀 심각한 일 아냐?"

"응. 그래서 어제 엄마 아빠랑 같이 유명한 의사한테 갔다 왔어. 의사 말이, 아무래도 전생의 기억 때문인 것 같대."

"전생 기억이 왜?"

"전생 기억이 점점 선명해지니까, 그 시절의 인격이 밖으로 나오기 시작하는 거래."

이건 또 무슨 소리야?

"그럼 카린이? 카린이 밖으로 나온다는 거야?"

하연이 엄지로 관자놀이를 누르며 심각하게 고개를 끄덕였다.

"응. 이중인격 같은 거라나 봐. 카린이 가끔 나를 밀어내고 대신 나와서 돌아다닌다는 거지. 그럴 때 난 잠들어 있으니까 기억이 없고."

넌 뭐냐는 듯이 싸늘하게 노려보던 그 눈빛이 다시금 떠올랐다. 그, 그럼 아까 운동장에서 나랑 마주친 게 하연이 아니라 전생의 인격인 카린이라고?

"야, 김하연. 너 어떡해?"

내가 떨리는 목소리로 묻자 하연이 한숨을 쉬면서 안경을 치올렸다.

"일단 약을 처방받았어. 가끔 카린이 나오더라도, 오래가진 않으니까 생활에 큰 지장은 없을 거래. 그러니까, 내가 가끔 이상한 모습을 보이더라도 이해해 줘. 응?"

나는 석연찮은 기분으로 고개를 끄덕였다.

그 뒤로 하연은 전생 이야기를 하지 않았다. 그 대신 굉장히 차가운 눈으로 나를 쳐다본다거나, 복도에서 마주쳐도 딴청을 피우는 경우가 생겨났다. 나는 카린이 영 맘에 들지 않았다. 카린의 시선에는 단순한 외면이나 무뚝뚝함 이상의 뭔가가 깃들어 있었다. 때로는 나를 경멸하는 것처럼 느껴지기까지 했다.

그래서 나는 카린이 나타날 때마다 잠자코 자리를 피했다. 그러면 몇 분 지나지 않아 다시 밝고 잘 떠드는 하연으로 돌아오곤 했다.

하연에게 불만도 많았고 정말 괜찮은 건지 불안하기도 했지만, 그래도 나는 하연과 줄곧 붙어 다녔다. 밥도 같이 먹고 하교도 함께 했다. 남들 눈에는 의심할 여지 없는 절친이었을 것이다.

그날도 언제나처럼 하연과 같이 학교에서 나오는 길이었다. 하연이 횡단보도 건너편을 힐끔거렸다.

"어? 저기 가게 새로 생겼다."

나는 하연이 가리키는 곳으로 시선을 돌렸다. 학교 건너 아파트 상가 1층에 있던 낡은 구멍가게가 사라지고, 그 자리에 갈색과 흰색으로 외벽을 칠한 앤티크풍의 소품점이 오픈한 것이 보였다. 우리는 누가 먼저랄 것도 없이 그곳으로 발걸음을 옮겼다.
좁디좁은 가게 안은 우리 학교 애들로 북새통이라 발 디딜 데가 없었다. 하연과 나는 학교 매점 인파 속으로 파고들던 실력을 최대한 발휘하여 겨우겨우 회색 치맛자락들 사이로 끼어들었다.
"와, 이 가방 너무 귀엽다! 대박!"
모든 소품들이 다 예뻤지만, 그중에서도 내 눈을 사로잡은 것은 쇼윈도 앞쪽에 놓여 있는 고양이 손가방이었다. 까만 바탕에 빨간색 천으로 고양이 얼굴과 리본을 장식한 손가방에서 눈을 떼지 못하는 나에게 하연이 들뜬 목소리로 말했다.
"여기 물건들 진짜 다 괜찮다. 그치?"
"응! 이 손가방 좀 봐 봐. 너~무 귀엽지!"
나는 진짜 새끼 고양이라도 본 듯 호들갑을 떨며 그 손가방을 하연에게 보여 주었다. 하연도 꺄악 소리를 올리며 발을 굴렀다.
"진짜 이쁘다!"
"그치 그치!"
손가방을 한참 동안 들었다 놨다 하던 나는 결국 주인 언니에게 가격을 물었다.
"이 가방 얼마예요?"
"그거요? 3만원이에요."
순식간에 조용해진 나를 향해 주인 언니가 한마디 덧붙였다.
"그거 저희 디자이너가 만든 수제라서 몇 개 없어요."

손에서 가방이 떨어지질 않았지만, 당장 3만원이나 되는 거금이 있을 리 없다. 안절부절못하던 나는 결국 손가방을 제자리에 놓고 가게에서 터덜터덜 걸어 나왔다. 북적이는 가게에서 먼저 빠져나갔던 하연이 다가왔다.

"그 손가방, 안 사?"

"고민 중. 너무 비싸긴 한데, 모아 둔 돈을 털면 아주 못 사는 것도 아니고……. 하아, 고민되네."

생각할수록 한숨만 푹푹 나왔다. 그런 내 어깨를 툭툭 두드린 하연은 내일 보자는 말을 남긴 채 먼저 도착한 제 버스에 냉큼 올라탔다.

다음 날 등교한 후에도 내 고민은 계속되었다. 머릿속에서 가방과 용돈을 저울질하느라 정신이 없는 내 곁으로 하연이 다가왔다.

"지희야, 어제 그 가방 살 거야?"

"글쎄, 아직 생각 중이야. 왜?"

대꾸하면서 하연을 올려다보자, 하연이 빙글빙글 웃으면서 말했다.

"어제 집에 갔더니 우리 외할머니가 선물을 갖고 오셨더라고. 근데, 바로 그 고양이 손가방이지 뭐야. 나 주려고 가로수길에서 사셨대."

말문이 딱 막혔다. 그저 물끄러미 하연을 올려다보았다.

"그래?"

짤막하게 대꾸한 나는 잠깐 침묵했다.

"그 가방 갖고 왔어? 구경 좀 해도 돼?"

그렇게 묻자 하연이 난처한 표정을 지었다.

"어, 지금은 곤란한데. 사촌 동생이 하도 부러워하길래 잠깐 빌려줬어. 나중에 갖고 올게."

그 순간 선생님이 교실로 들어왔고, 하연은 자기 자리로 돌아갔다. 조회가 시작되었지만 내 귓속에는 한마디도 들어오지 않았다. 머릿속이 뒤죽박죽이었다.

그 가방, 가게 언니는 분명히 자기네 수제라고 했어.

뭐, 가로수길에 같은 가게의 지점이 없으란 법도 없지. 안 그래?

하지만 내가 그 가방을 탐낸 날, 하연네 할머니가 같은 가방을 선물로 준다는 게 말이 돼? 그런 우연이 있을 수가 있나?

의기양양하게 웃어 보이던 하연의 얼굴이 머릿속을 가득 메웠다. 그토록 손에 넣고 싶어서 애태웠던 물건인데, 갑자기 그 손가방에 흙탕물이 묻은 것 같은 기분이었다.

수학 시험지의 마지막 문제보다도 더 치열하게 고민하다가 나는 끝내 그 가게로 향했다. 어쩐지 지금 이 가방을 손에 넣지 않으면 지는 것 같은 기분이 들었던 것이다. 무엇에 지는 것인지는 모르겠지만.

가방을 산 후에도 고민은 끝나지 않았다.

이걸 학교에 들고 가면 하연이가 짜증 낼 텐데. 그냥 밖에서만 가지고 다닐까?

내가 왜? 잘못을 저지른 것도 아닌데, 왜 눈치를 보면서 피해 다녀야 하는데?

별의별 생각을 다 했지만, 결국 오기와 자존심이 이겼다.

다음 날, 교실에서 가장 먼저 내 가방을 알아본 것은 옆자리에 앉은 진아였다.

"와, 가방 진짜 귀엽다! 이거, 저 앞에 새로 생긴 선물 가게에서 산 거지?"

내가 고개를 끄덕이자 대각선 앞쪽에 앉은 소라도 호들갑을 떨었다.

"맞아, 나도 봤어. 이거 무진장 갖고 싶었는데."

"어머, 이 가방 뭐야? 짱!"

내 자리 주변의 여자애들은 저마다 손가방을 돌려 보며 예쁘다고, 부럽다고 입을 모았다. 살까 말까 이틀이나 고뇌한 시간을 보상받는 기분이라 절로 입꼬리가 올라갔다. 등 뒤에서 하연의 목소리가 들려오기 전까지는.

"뭐야, 그 가방 샀네?"

나는 일부러 천천히 뒤를 돌아보았다. 어느새 소리 없이 다가온 하연이 내 손가방을 내려다보고 있었다. 내 뒤에 그림자처럼 서 있던 하연은 딱딱한 목소리로 말했다.

"우리 집에도 똑같은 거 있는데."

"알아."

나와 하연의 시선이 마주쳤다. 아무 말 없이 서로를 쳐다보는데, 하연이 먼저 몸을 돌리더니 제자리로 걸어갔다.

교실 안에 외면해야 하는 상대가 있다는 것은 상상 이상으로 지치는 일이다. 상은이와 나미만도 피곤했는데, 이젠 하연까지. 내 인생은 왜 이렇게 꼬이기만 하는지 모르겠다.

공기 중에 독가스를 풀어 놓은 듯했던 학교 일과가 겨우 끝났다. 정류장에서 버스 요금을 내려고 휴대폰을 찾았지만 보이지 않았다. 아무래도 교실에 두고 온 모양이었다.

어쩔 수 없이 학교로 터덜터덜 돌아갔다. 몇몇 남자애들이 한적해진 운동장에서 공을 차고 있었다. 1층 현관에는 학생들이 삼삼오오 모여 있었지만, 2층으로 올라가니 복도에 아무도 없었다.

교실로 다가가 앞문을 열었다. 나무 문이 드르륵 밀리는 소리가 유독 크게 들렸다. 막 발을 들여놓는데, 비어 있는 줄 알았던 교실 안에 누군가가 서 있었다. 창가에 서서 밖을 내다보던 노란 머리끈의 뒤통수가 돌아섰다. 김하연이었다.

평소대로라면 반가웠을 텐데, 오늘 하연이랑 분위기가 영 안 좋았던 탓에 마음이 껄끄러웠다. 눈길을 피하며 안으로 들어섰다. 내 옆얼굴을 훑는 거미 같은 시선이 피부로 느껴졌다. 하연이 아니라 카린이었다.

하필 이럴 때 카린과 마주치다니……. 아냐, 차라리 잘됐어. 어떻게 반응할지 고민할 필요도 없잖아.

아무 말 없이 곧장 내 자리로 향했다. 잽싸게 휴대폰을 회수한 후 여기서 나갈 생각이었다. 책상 서랍을 들여다보려고 허리를 숙이는데, 왠지 섬뜩한 목소리가 텅 빈 교실에 울렸다.

"이거 찾니?"

놀란 나는 고개를 들고 목소리의 주인을 쳐다보았다. 내게 말을 걸었어? 카린이?

눈이 마주쳤다. 그 애가 나를 똑바로 쳐다보고 있었다. 소름이 오소소 돋았다.

늘어져 있던 그 애의 오른손이 천천히 올라갔다. 들어 올린 손 안에 내 휴대폰이 보란 듯이 쥐여져 있었다. 알 수 없는 기세에 눌린 나는 침을 꿀꺽 삼켰다. 그리고 되도록 태연한 목소리를 내려고 노력하며 손을 내밀었다.

"이리 줘."

하연이, 아니 카린이 코웃음을 쳤다. 그러더니 내 휴대폰이 더러운 물건이라도 되는 것처럼 가볍게 진저리를 치면서 바닥에 떨어뜨렸다. 타앙, 휴대폰이 떨어지는 소리가 나무 바닥 위에 비현실적으로 울려 퍼졌다.

나는 빳빳하게 굳어 버렸다. 멍한 시야 너머로 희번덕거리는 상대의 눈동자만 보였다. 기가 질린 채 홀린 사람처럼 그 시선을 마주 보는데, 머릿속에서 누가 속삭였다.

미쳤어.

완전 미친 애야.

황급히 도망치려는데, 카린이 맹렬한 기세로 나를 향해 달려들었다. 손가락이 갈고리처럼 휘어지며 내 머리채를 움켜잡았다. 기겁한 나는 움직이지도 못하고, 있는 힘껏 비명을 질렀다.

"꺄아아아악! 으아악!"

카린의 손아귀에서 벗어나려 했지만 좀처럼 떨어지질 않았다. 안 되겠다 싶어서 손톱으로 할퀴려는데 밖에서 선생님의 고함이 들려왔다.

"뭐야, 무슨 일이야?"

드르륵 쾅! 교실 앞문이 요란한 소리를 내며 열렸다. 선생님은 비명을 지르고 있는 나와 내 머리채를 움켜잡고 있는 하연을 보더니 황급히 달려와 우리 둘을 떼어 놓았다. 그제야 안심이 된 나는 그만 울음을 터뜨렸다.

하연과 나는 교무실 옆에 붙어 있는 상담실로 불려 갔다. 선생님은 우리더러 대체 뭘 하고 있었던 거냐고 물었다. 하연은 조개처럼 입을 다문 채로 아무 말도 하지 않았다. 잠시 우리를 다그치던 선생님은 한숨을 쉬더니 자리에서 일어나 말했다.

"지희 너는 여기에 있어. 하연이는 나를 따라오고. 두 사람 다 오늘 무슨 일이 있었던 건지 진술서 써서 제출해. 하나부터 열까지 자세하게, 알아들을 수 있게. 알겠지?"

나는 종이와 함께 방 안에 홀로 남겨졌다. 텅 빈 A4용지를 멍하니 바라보는데, 갑자기 피로가 몰려왔다. 그동안 정말 열심히 노력했는데. 교실에서 외톨이가 되지 않기 위해, 하연과의 관계를 유지하기 위해 참고 또 참았는데 그 결과가 이거라니. 스스로가 웃기면서도 불쌍했다. 눈물이 종이 위로 툭툭 떨어졌다.

이제 숨길 것도 감출 것도 없었다. 될 대로 되라는 심정으로 진술서를 써 내려갔다. 진술서를 선생님께 가져가자 이번에는 부모님을 모셔 오라는 명령이 떨어졌다. 나는 알겠다고 대답한 뒤 노랗게 물들기 시작하는 거리를 하릴없이 걸어서 버스 정류장으로 향했다.

다음 날, 도살장에 끌려가는 소가 된 기분으로 교실에 들어갔다. 어제 일을 생각하면 차라리 인간의 생활을 포기하고 도로 옆 은행나무라도 되고 싶은 심정이었다. 어떻게 하루를 보내야 할지 생각하면 아찔했다. 하지만 긴장한 것이 허무하게도, 하연은 학교에 나오지 않았다.

반면 학교로 찾아온 엄마는 선생님과 함께 하연네 외할머니를 만났다고 했다. 밤늦게 들어온 아빠에게 면담 결과를 이야기해 주는 엄마 목소리가 닫힌 방문을 넘어 내 귀에까지 들려왔다.

"걔네 외할머니가 보호자로 오셨더라고. 부모님이 이혼했는데 양쪽 다 형편이 어려워서 지금 외가에서 맡아 기르고 있다네. 귀한 자식한테 손찌검해서 미안하다고 사과하시는데, 노친네가 너무 안되어 보여서 뭐라고 말도 제대로 못 했어. 선생님 말로는 개교내 상담 교사랑 면담할 예정이래."

침대 위에서 이불을 뒤집어쓰고 있던 나는 나도 모르게 상반신을 일으켰다. 하연이 고 기집애, 자기네 집이 엄청난 부자라고 자랑했었으면서! 아빠는 강남 땅 부자고 엄마는 모델이라고……. 방문 너머 거실에서 캔 따는 소리가 들렸다. 이어 아빠 목소리가 났다.

"그 애가 허언증인가 보구먼."

'허언증?'

침대 위에 놔둔 휴대폰을 낚아챈 나는 허언증을 검색했다. 어둠 속에서 홀로 빛을 뿜어내는 화면이 내 앞에 검색 결과를 주르륵 쏟아 놓았다.

'자신이 만들어 놓은 거짓말을 그대로 믿는 습관'

'거짓에 빠져 사는 사람들'

'거짓말을 꾸며 내는 정신병'

나는 눈을 껌벅였다. 블로그와 웹문서를 하나하나 클릭해서 확인하는 사이, 충격은 점점 더 커져만 갔다.

뭐라 표현하기 어려운 기분이었다.

하연의 모든 이야기를 100퍼센트 믿었던 건 아니다. 특히 손가방 사건 때는 그 애가 거짓말을 하고 있다는 걸 거의 확신하고 있었다. 반신반의하면서도 끝내 하연의 말을 믿어 왔던 건, 그 애를 믿지 않으면 함께 있을 수 없었기 때문이다.

적의에 가득 차 있던 카린의 시선이 어둠 너머에서 떠올랐다. 하연이 허언증이고, 이중인격 카린의 존재가 거짓말이고, 모든 것이 연기였다면, 그 시선도 하연의 연기였나?

울컥한 나는 애꿎은 천장을 사나운 눈으로 노려보았다. 잠이 오질 않아 밤늦게까지 시계 초침 소리를 들으며 뒤척거렸다.

아침이 되어도 머릿속은 어지럽기만 했다.

교실로 들어가자 김하연이 제자리에 앉아 있는 것이 보였다. 심장이 다시금 미친 듯이 뛰기 시작했다. 애써 외면하며 자리에 앉았지만 온몸이 뜨겁게 아우성치는 것을 어찌할 수가 없었다. 의자에 엉덩이를 걸친 채로 괜히 지우개만 뒤집었다 바로 놓았다 했다. 오전 수업이 시작되었지만 내용이 하나도 들어오지 않았다. 뇌리에 떠오르는 것은 오직 한 가지뿐이었다.

쉬는 시간이 되자 나는 하연에게로 다가가 복도에서 얘기 좀 하자고 말했다. 하연은 순순히 자리에서 일어났다.

"너, 그동안 나한테 한 얘기 다 거짓말이니?"

처음부터 대놓고 물었지만, 하연은 눈썹 하나 까딱하지 않았다. 가면을 쓴 것처럼 무표정한 얼굴이 제 무릎께만 쳐다보고 있었다. 그 뻔뻔한 모습을 보자니 빡이 한층 더 달아올랐다.

"전생을 꿈에서 본다는 얘기도, 카린이 자꾸 밖으로 나온다는 얘기도 다 거짓말이야?"

한마디 한마디를 입 밖으로 꺼낼 때마다 과열된 두뇌 회로가 비명을 내질렀다. 정신 줄을 놓기 일보 직전인 내 속을 아는지 모르는지, 벽에 기댄 채 묵묵히 서 있던 하연이 허리를 똑바로 폈다. 그러더니 쌀쌀맞게 말했다.

"네 마음대로 생각해."

그 한마디를 던지고 홱 몸을 돌리는 하연을 본 순간, 내 인내심이 바닥을 드러냈다. 교실로 들어가려는 하연의 손목을 덥석 붙들었다. 손바닥이 데일 것처럼 뜨거웠다.

"너, 날 친구라고 생각하긴 했니?"

칼을 꽂는 심정으로 묻자 하연이 멈춰 섰다.

"너, 날 엄청 차가운 눈으로 노려봤잖아. 이제까진 그게, 카린이라고 생각했는데, 그거 그냥 전부 너였던 거지, 그렇지?"

하연의 옆얼굴을 보면서 아무 소리나 내뱉었다. 새하얘진 머릿속에서 수많은 말들이 무서운 속도로 공회전하고 있었다.

"그냥 카린 짓으로 넘기고, 대놓고 날 미워하려고 그런 설정을 꾸며 낸 거잖아. 그렇게 욕먹고서도 반격 못 하고 웃어넘기는 날 바보 취급한 거잖아! 김하연 너, 정말 나를 좋아하긴 했어? 친구라고 생각하긴 했냐고!"

"그러는 너는!"

하연이 꽥 소리를 지르면서 나를 돌아보았다. 용암처럼 뜨겁게 끓어오르는 눈빛이 나를 똑바로 노려보았다. 증오가 느껴졌지만, 카린의 차가운 눈과는 전혀 달랐다. 날것인 채 삐져나온 마음 아래로 녹아내린 물기가 방울방울 차오르고 있었다.

"그러는 너는, 날 친구라고 생각했어? 내가 모를 줄 알아? 너 박상은이 정나미랑 붙어먹는 바람에 어쩔 수 없이 나랑 놀았던 거잖아. 내 전생 꿈 같은 거, 처음부터 믿지도 않았던 주제에. 말도 안 되는 거짓말 지어낸다고 속으로 비웃고 깔봤으면서, 이제 와서 배신당한 것처럼 친구니 뭐니 떠들지 말라고!"

그렇게 소리친 하연은 화장실을 향해 뛰어갔다. 조금 떨어진 곳에서 우리를 구경하던 아이들이 뒤에서 뭐라고 웅성댔지만 하나도 들리지 않았다. 텅 빈 설원에 홀로 서 있는 것처럼 눈앞이 새하얬다. 귓속이 웅웅거리고 콧속이 뜨겁다. 머리가 깨질 듯이 아팠다. 나는 코를 두어 번 훌쩍거리고, 소맷자락으로 얼굴을 훔친 다음, 휴지를 찾기 위해 내 자리로 향했다.

휴지가 들어 있는 고양이 손가방을 붙잡은 순간 눈물이 후드득 떨어졌다. 검은 바탕에 빨간 리본을 귀엽게 장식한 고양이 손가방이 뿌옇게 일그러져 보였다. 내가 울기 시작하자 옆자리의 진아가 어깨를 토닥이며 달래 주었다. 그러나 나는 더 세차게 울면서, 화장실로 간 하연이 내 눈물이 그친 후에 돌아왔으면 좋겠다고 생각했다. 하지만 당장 교실로 돌아와 내가 우는 모습을 봤으면 좋겠다고도 생각했다. 어느 쪽이 내 참마음인지 알 수가 없어서, 나는 그냥 계속 울었다.

전 삼 혜 … Run, Run Away

늦은 밤, 흰 차의 뒤를 따라 달리고 있어. 이상하게도 전혀 숨이 차지 않아. 저 차가 나를 끌어당기고 있는 것 같아. 그리고 옆에서 이상한 녀석이 나랑 같이 달리고 있어. 속도가 떨어지지도 않네. 운동화를 신은 발이 날아갈 듯이 가벼워. 이러고 있으니까 예전으로 돌아간 것만 같아.

초등학교 3학년 때는 전교에서 내가 가장 빨랐어. 운동장에서는 4학년 형들도 무섭지 않았어. 무작정 달리고 또 달리다 보면 온몸의 세포가 앞을 향해 튀어 나가는 것 같았어. 하루에 여섯 바퀴, 일곱 바퀴씩 운동장을 도는 것도 힘들지 않았어. 내 뒤로 빠르게 지나가는 모든 것들을 볼 사이도 없이 달리고 또 달렸어.

달릴 때는 아무것도 생각할 수 없었어. 뒤를 돌아보는 것도 허락되지 않았어. 한순간이라도 뒤를 돌아보면 그만큼 발이 느려지니까. 그러게, 나는 뒤를 돌아보지 않고 뛰기만 했는데, 5학년이 되자 나는 반에서는 제일 빨랐지만 학교 대표로 뛸 수는 없었어.

육상부가 있는 중학교에 가라는 것도 거절했어. 어린 나이부터 집을 떠나서 합숙 생활을 하게 할 수는 없다며 부모님이 반대

했어. 사실은 나도 가고 싶지 않았어. 어제는 나보다 느리던 애가 오늘은 나와 나란히 뛰고, 다음 주에는 나보다 빨리 뛰는 걸 보고 있을 자신이 없었어.

그래, 난 늘 가장 앞에 서 있고 싶었던 걸지도 몰라.

손을 뻗으면 그 물건이 내 것이 된다는 사실이 마치 마법 같았어.

시작은 사소했어. 상담 선생님이 말했던 것처럼, 네가 말했던 것처럼 모든 시작은 사소한 걸지도 몰라. 처음부터 사람을 때리는 사람도 드물댔어. 자기보다 약한 것을 괴롭히다가 점점 큰 것을 때리게 되고, 나중에는 손이 아니라 무기를 들게 된다고 하더라. 나는 무기는 들지 않았어. 다만 엄마 심부름으로 반찬거리를 사러 갔던 어느 가게에서 사탕 하나를 주머니에 집어넣었을 뿐이야.

두근두근. 계산대를 지나서 가게 밖으로 나가는데 다리가 마구 떨렸어. 초등학교 육상 대회에서 처음으로 메달을 받았을 때보다 더. 나는 열다섯 살, 키도 크고 목소리도 훨씬 굵어졌는데 어째서 내 심장은 그때보다 더 쿵쾅거렸던 걸까. 그게 정말…… 짜릿했어. 가게 문을 통과하는 순간 등줄기를 찌르르 훑고 지나가는 쾌감은 운동장에서 느꼈던 것과 비슷했어. 나는 뛰지 않았어. 엄마에게 반찬거리를 건네고, 거스름돈을 돌려주고, 사탕은 다음 날 학교 가는 길에 쓰레기통에 버렸어.

나 원래 단거 싫어해.

바나나를 무지무지하게 많이 먹었거든. 달리기는 체력을 엄청 쓰는 일이니까. 초등학교 육상부 때 훈련 중간중간에도 바나나를 먹고, 훈련이 끝나도 바나나를 먹었어. 이러다가 원숭이가 되어서 네발로 육상 대회에 출전하게 생겼다고 끼익끼익 소리를 지르며 운동장을 네발로 뛰어다니기도 했어. 물론 코치님한테 귀 잡혀서 무지하게 혼났지. 그러다가 무릎이라도 다치면 어떡할 거냐고. 지금 생각해 보면…… 뭐 어때? 나는 이미 달리기 선수 같은 건 할 수도 없게 되었는데. 지금도 반에서는 두 번째로 빨라. 하지만 전교에서 여자애 중에 제일 빠른 애는 나보다 더 빨라. 야, 너 초딩 때 좀 뛰었다며. 나랑 운동장에서 뛰어 보자. 기세등등하게 그 여자애가 말했을 때 나는 코웃음을 쳤어. 기집애가. 걔가 나보다 반 뼘은 더 크더라. 성장촉진제라도 맞았나. 그날 방과후에 운동장 반 바퀴 돌기 시합을 했을 때 내가 졌어. 초반 스타트야 내가 빨랐지. 골인 지점에 서 있던 애의 손이 내려지자마자 내 다리는 이미 땅을 박차고 있었어. 정식 대회였으면 부정 출발로 걸렸을지도 모르겠다 싶게. 그런데 10초, 15초가 지나자 내 앞에 어느새 여자애가 앞서가고 있었어. 그 순간 나는 일부러 넘어졌어. 달려가는 남의 등을 본다는 게 그렇게 화가 치밀어 오르는 일인 줄은 몰랐어.

상담 선생님이 그랬어. 승부욕은 좋지만, 그런 마음으로는 육상부에 들어갔어도 버틸 수 없었을 거래. 사람은 자기가 최고가 되고 싶은 분야가 있기 마련이지만 그걸 이루는 사람은 극소수에 불과하고, 그걸 이루지 못하는 게 잘못은 아니라는 거야. 하지만 나는 달리기에서 최고가 되고 싶은 것도 아니었다고. 그냥 여자애한테도 지는 등신이 되고 싶지 않았을 뿐이라고.

사탕을 훔친 건 그다음 주였어. 체육복을 입은 여자애의 등이 자꾸 떠올라서 밤에 잠도 오지 않았어. 내가 넘어져서 대결은 어이없이 끝났지만 사실상 내가 진 거였지. 일부러 넘어진 거라니까. 그래서 몽롱한 머리로 심부름을 하다가 그냥 딱, 손을 뻗었어. 감시 카메라가 있는지 없는지 신경 쓰지도 않았어. 들키면 어떡하냐는 생각도 없었어. 무심결에, 정말 아무 마음도 없이, 그랬어.

사탕 버렸다니까. 나 단거 싫어해. 지금도 싫어해.

그다음에는 뭘 훔쳤더라? 아, 휴대폰 고리였어. 7000원 정도였을 거야. 사탕은 한 번 훔치고 나니까 그다음부터는 훔칠 생각이 안 들더라고. 시시하잖아. 고작 500원짜리. 또 주머니에 넣어 볼까 생각을 하고 손을 뻗었는데 처음의 그 짜릿함이 느껴지지 않았어. 그래서 안 훔쳤는데, 우리 반에서 갑자기 애들이 몇몇 달고 다니기 시작한 휴대폰 고리가 있었거든. 마블에서 만든 영화 있잖아. 그거 개봉하고 나더니 갑자기 애들이 아이언맨 고리를 달고 다니더라고. 그 영화 나도 봤고 재밌다고 생각은 했지만 그렇다고 해서 그 고리를 달고 다닐 생각은 없었어. 그냥, 서점에서 문제집을 사려는데 계산대 옆에 그게 있더라고. 아이언맨하고 토르하고 이것저것. 카드를 내밀고 주인이 모니터를 확인하는 사이에 또 주머니에 집어넣었어. 500원과 7000원의 차이였나? 게다가 이건 주인이 바로 앞에 있는데 훔치는 거니까 좀 더 짜릿하더라. 들키면 뭐, 돈 낸다고 하면 되겠거니 하고 주머니에 집어넣었는데 안 들켰어. 문제집은 봉투에 넣고 아이언맨은 주머니에 넣고. 털레털레 걷다가 횡단보도에서 아이언맨을 꺼내 봤어. 빨갛고 노랗고. 그것도 그냥 버렸어. 갖고 싶어서 훔친 거 아니라니까.

주머니에 들어갈 만큼 작은 것만 훔쳤어. 언제든 버릴 수 있게. 훔친 건 전부 버렸어. 이상한 애들이 날 눈여겨보고 따라와서 '같이 하자'는 둥 '너 좀 하더라'는 둥 친한 척을 한 적도 있었어. 한 번 흘겨보고 그냥 무시했지. 알아. 그런 애들 가끔 조 짜서 행동하잖아. 누구는 망보고, 누구는 가게 주인 시선 끌고, 그동안 누구는 가방에 쓸어 담고. 그러고 싶지는 않았어. 훔치는 물건들 가격이 만 원 단위를 넘어 3만 원, 4만 원까지 뛰어올랐지만 여전히 훔치고 나면 그 물건에 대한 흥미가 싹 사라졌어. 그래서 다 버렸어. 봐 봐. 지금 내 주머니 뒤져도 아무것도 안 나온다니까.

한 번 들키고 나선 손 털었어.

이젠 안 해.

마지막으로 훔친 건, 지갑이었어. 손에 안 들어가는 걸 갖고 싶었던 게 잘못인가? 그래서 들킨 건가? 한강에서 불꽃놀이가 열린 날, 친구들하고 일찍부터 한강에 가서 자리 펴고 놀다가 불꽃놀이를 봤어. 삐익, 소리가 나고 곧이어 펑, 펑. 하늘에 터지는 불꽃이 예쁘더라. 그런데 사진 찍는 사람들 사이에서 이리저리 휩쓸리다, 친구들도 놓쳐 버렸어. 그리고 내 앞에 서 있던 사람 뒷주머니에 지갑이 꽂혀 있는 걸 봤어.

내가 보석을 훔치는 것도 아니고, 주머니 안에 넣을 수 있는 것 중에 비싼 거 찾기는 어렵잖아. 그래서 이 짓도 슬슬 그만둘까 하던 차에 지갑이 나타난 거야. 저 안에는 얼마나 들어 있을까? 짐작이 가지 않았어. 처음으로, 가치를 모르는 물건에 손을 대는 게 짜릿하겠다 싶기도 했지. 룰렛 있잖아? 막상 판이 멈추기 전까지는 그게 얼마만큼의 가치를 지녔는지 아무도 모르는 그런 거. 좀 떨렸어. 사람이 흔들리는 틈을 잘 타서 그 사람 뒷주머니에서 지갑을 쏙 빼냈는데, 정작 잡힌 건 내 손목이었지 뭐야.

경찰서에 불려 가서 잔소리를 엄청 들었지. 부모님도 불려 오고. 아무튼 초범이고 깊이 뉘우치고 있으니 한 번만 봐 달라고 해서 훈방 조치를 받았어. 하지만 어디서 알았는지, 다음 날 학교에 가니까 담임 선생님이 얼굴을 딱딱하게 굳히고 날 부르더라고. 애들은 수군거리고. 에이 씨, 귀찮게 됐네. 그렇게 생각하면서 잔소리를 듣고 상담실을 나왔어. 그런데 상담실 안에 들어가기 전의 나와, 상담실 밖으로 나온 내가 다른 사람이기라도 한 걸까? 나를 보는 애들 눈빛이 바뀌어 있더라고.

어디서부터 잘못된 걸까? 상담실에서 나오던 순간부터일까? 그 이전일 수도 있어. 하늘 가득 터지던 불꽃 대신 내가 지갑을 보았을 때. 그 지갑에 손을 뻗었을 때. 내 손목이 잡혔을 때. 그때 나는 촉법소년이라는 말을 처음 들었어. 나는 아직 만으로 열세 살, 생일이 지나지 않은 중학교 2학년이니까 형사처분 대상이 아니래. 초범이고 깊이 반성하고 있으니 소년원에도 가지 않는대. 그 대신 사회봉사 시간을 채우고 상담을 받으라는 명령을 받았어. 그러면 그때부터 내가 잘못된 걸까?

아니야. 들킨 건 그때지만 더 이전이겠지. 처음으로 사탕을 보고 손을 뻗었을 때? 아니면 초등학교 5학년 때, 더 이상 달리기를 하고 싶지 않다고 생각했을 때? 3학년 때는 세상 모든 게 나를 스쳐 지나갈 거라고 생각했어. 내가 빠르게 달리면 달릴수록 주위는 너무 느리게만 보였어. 그래도 더 빨리 달리고 싶었어. 내 앞에 아무도 없다는 게 좋았어. 그러다가 한 명, 두 명 나를 제치고 앞으로 나갔어. 5학년 때부터는 학원에 다녔어. 달리기를 하느라 성적이 많이 떨어져 있었으니까. 그때부터 잘못된 걸까? 남들보다 수학을 못 해서? 영어 단어를 적게 외워서? 피타고라스 정리를 술술 외우지 못해서? 중학교에 와서 그렇게 공부를 못한 것도 아냐. 중위권, 혹은 중상위권. 학원에서는 더 잘할 수 있다는 소리를 듣고 부모님에게도 이제 공부에만 집중하면 네 앞길은 달라질 거라는 이야기를 듣고 있었어. 그런데 어디서부터 잘못된 걸까?

그 길이 잘못된 길인 줄 알았으면 처음부터 가지 말았어야지.

상담 선생님은 그렇게 말했어. 내가 물건을 훔친 건 잘못이라고, 그만두려고 생각했는데 이번에 어이없게 걸린 거라고 했을 때 들은 말이야. 하지만 살면서 잘못된 길을 한 번도 선택하지 않은 사람이 많을까, 잘못된 길에 발을 들여 본 사람이 많을까?

모르겠어. 나는 정말 잘 모르겠어. 달리기를 그만두겠다고 했을 때, 부모님은 이제 달리기는 잊으라고 했어. 처음부터 네 길이 아니었다는 말도 했어. 달리기를 잘하려면 타고난 신체 조건, 혹독한 훈련, 이어달리기를 하려면 파트너십, 동료들과의 호흡, 그런 게 필요하다고. 너를 운동선수로 키울 생각은 없었다는 그 말을 들었을 때는 몰랐는데, 지금은 가끔 생각하게 돼. 그러면 부모님이 보기에 내가 달리기를 하던 때는 아무것도 아닌 시간이었을까?

그것도 잘못된 길이었을까? 내가 계속 빠르게 달려서 계속 신기록을 세우고, 전국체전에서 메달을 계속 따고, 육상부가 있는 학교로 전학을 가고, 그랬어도 엄마와 아빠는 내가 여전히 잘못된 길을 가고 있다고 생각했을까?

모르지. 초등학교 5학년 때 나는 겨우 열두 살이었어. 열두 살이 그런 걸 결정하기엔 너무 이른 나이라고 생각하지 않아? 나는 그냥, 내 방에 들어와 내가 좋아하던 육상화를 끌어안고 잠깐 울었을 뿐이야. 그리고 며칠 후에는 전국체전 정보가 실려 있던 잡지와 벽에 붙여 놓은 포스터를 떼서 내다 버렸지. 내 방 벽과 책장은 텅 비었고 그 자리에 문제집들이 들어찼어. 그래도 천장에 붙여 놓은 포스터 하나는 떼지 않았어. 오래된 포스터야. 내가 초등학교 2학년 때 열린 전국체전 중등부 포스터거든. 그때는 6년 후의 내가 이렇게 될 줄 몰랐으니까. 테이프가 하나 떨어져서 창문을 열면 바람 때문에 한쪽이 펄렁펄렁 움직여. 손짓 같아. 이리 오라고 하는 것 같고, 저리 가라고 하는 것 같아. 왜 나는 그 포스터를 못 떼고 있을까? 이불 위에 책을 잔뜩 쌓아 놓고 낑낑거리며 붙이던 때보다 40센티미터나 키가 자랐는데. 발 사이즈도 그때보다 훨씬 커졌는데.

나는 달리지 않았어. 물건을 훔치고 나서는 언제나 걸어서 집으로 돌아왔지. 훔친 물건을 쓰레기통에 집어넣고 터벅터벅 걸어왔어. 달리면 안 될 것 같았어. 나한테 달리기는 도망치려고 쓰는 수단은 아니었어. 지갑을 훔치려다 잡혔을 때는 차라리 후련하다는 생각도 들었어. 아, 이제 끝이야. 어차피 불꽃놀이 인파 속에서 나는 달리지도 못했을 거야. 다른 상황에서 들켰다면 어떻게든 반사적으로 땅을 박차고 허벅지를 높게 들어 올리며 달렸을 텐데, 그러지 못해서 다행이라는 생각이 아주 잠깐, 들었어. 그랬던 것 같아.

교실로 돌아왔을 때, 누군가는 나를 흥미롭다는 눈빛으로 보았고 누군가는 꺼림칙하다는 눈빛으로 보았어. 집으로 가는데 누군가 내 어깨를 짚으며 말했지. 너 좀 하더라? 나를 보았다는 듯이. 나는 그 애의 눈을 마주 보았어. 언젠가 자기네들이랑 편을 먹고 같이 훔쳐 보자던 그 애였어. 그 애의 가방에는 비싸 보이는 열쇠고리가 매달려 있었지. 훈장이라도 되는 것처럼.

뭘 해. 그렇게 나는 그 애 손을 뿌리치며 가방을 추어올렸어. 그런데 걔가 그러더라. 야, 너 어차피 찍혔어! 나는 그 목소리를 무시하려고 애쓰며 집으로 돌아왔어. 뛰었나? 그때 내가 뛰어갔었나? 잘 기억이 안 난다. 걔가 쫓아왔으면 뛰었을까?

너도 알고 있어? 내가 무언가에 눈길을 주면 그걸 갖고 있던 애들이 물건을 슬그머니 감출 때의 느낌. 작은 손짓은 파동이 되어서 반 전체로 퍼져 나가. 일순간 말을 멈추었다가 언제 그랬냐는 듯 다시 이어지는 이야기 소리와 웃음소리. 애들이 대놓고 나를 따돌리지는 않았어. 한두 번, 집에 가는 길에 멈칫거리며 다정하게 묻기도 했어. 난 너 나쁜 애라고 생각 안 해. 같이 피시방 갈래? 야, 축구하고 갈래? 너 잘 뛰잖아. 아무렇지 않게 대하는 애들도 있었어. 분명히 있었어.

그렇지만 떨어진 한 귀퉁이의 테이프에 실려 있던 무게가 다른 귀퉁이의 테이프로 전해지듯, 그 무게를 이기지 못한 나머지 세 개의 테이프도 점점 빨리, 한 다리를 잃은 의자가 쓰러지듯, 그렇게 되었지.

하굣길에 같이 하교하던 친구네 엄마가 친구 손목을 붙잡고 가며 왜 저런 애랑 놀아, 라고 꾸지람하는 소리가 내 귀에 들려왔어. 걔는 엄마 손을 뿌리치며 엄마가 뭘 안다고 그러냐며 화를 냈어. 엄마와 걔가 길거리에서 싸우는 동안 나는 뛰어서 집으로 갔지. 그래. 그래서 걔는 나를 잡지 못했을 거야. 나는 빠르니까. 뒤에서 이름을 부르는 게 아니라 달려와서 내 손목을 잡고 보란 듯이 떡볶이를 사 먹으러 갔을 거야. 내가 달리지 않았다면.

오랜만에 달렸더니 호흡법도 다 잊어버렸어. 달리는 도중에는 아무 생각도 안 하는 게 제일 빠른데 자꾸만 뒤를 돌아보고 싶고, 일부러 넘어지고 싶었어. 그러면 걔가 날 잡으러 와 줄까 싶어서. 그런데 내 다리는 넘어지지도 않고 휘청이지도 않고 빠르게, 예전만큼이나 빠르게 나를 우리 아파트 단지 입구까지 데려갔지. 그 속도면 전국체전은 몰라도 지역 예선쯤은 통과할 수 있을 것 같더라니까.

알아. 내가 잘못한 거. 들킨 거 말고, 사탕 훔친 거 말야. 그런데 잘못을 저지른 사람은 평생 그 길에서 빠져나올 수 없는 걸까? 나는 육상을 하던 길에서 공부를 하는 길로 건너왔잖아. 그런 것처럼 잘못된 길에서 다시 바른길로 훌쩍 건너오면 안 되는 걸까? 내 다리가 여전히 빠른 것처럼, 잘못된 길에서 묻혀 온 진흙 같은 건 영원히 지워지지 않는 걸까? 몸에 묻은 흙먼지는 샤워 한 번이면 깨끗해지는데. 육상화도 잘 빨아서 말리면 다시 하얘지는데. 아, 얼룩은 좀 남더라. 그럼 그건 얼룩 같은 걸까? 그렇다고 해도 새 육상화를 사서 신으면 되잖아. 물론 적응할 때까지 발은 조금 아프겠지만. 기록도 예전보다 조금 뒤처지겠지만. 누구나 연습 기간이 있는 것 아닌가.

그런데 슬럼프가 나를 집어삼키는 것처럼, 그 얼룩이 자꾸자꾸 커져서 나를 잡아먹으려고 들더라고. 나는 새 육상화를 사고 싶어서 노력하고 또 노력했는데, 다른 사람들 눈에는 내가 아직도 진흙 묻은 육상화를 신고 있는 것처럼 보였나 봐. 그러니까 나보고 더러우니까 다가오지 말라고 했던 거겠지.

학교 안에서 도난 사건이 일어났어. 2반 애들이 체육 시간이라 나가 있는 사이에 지갑이며 뭐며 다 털렸대. 우리 반 문 앞에서 반장이 쭈뼛거리며 나를 불렀어. 야, 너 상담실로 오래. 날 또 왜. 2반이 털린 것도 모르고 애들하고 놀고 있다가 투덜거리며 상담실로 갔어. 이미 몇몇 애들이 거기 있더라. 나보고 찍혔다고 한 애도 거기 있었어. 걔는 오히려 태연해 보였어. 옆에 있는 애들하고 시시껄렁하게 농담까지 주고받았지. 나? 나는 혼자였어.

열 명 정도가 불려 와 있었는데, 혼자 온 것처럼 보이는 애들도 있긴 있었어. 차례차례, 한 사람씩 상담실로 들어가느라 4교시 수업을 빠졌어.

2반에 친구 있니?

대뜸 그렇게 묻더라. 나는 그렇다고 대답했어. 1학년 때 사귄 애들이 2반에 몇 명 있었거든. 선생님은 내 친구들 이름을 종이에 적고 옆 종이와 비교했어. 옆 종이에는 2반 애들의 이름과 털린 물건이 적혀 있었지. 내 친구도 털렸더라. 걔가 엄청 자랑하던 운동화. 체육 할 때는 더러워진다고 안 신는다더니 그걸 털렸더라고. 멍청이. 신발을 신고 다니려고 샀지 모셔 두려고 샀나. 내 중얼거림이 들렸는지 선생님은 대뜸 눈을 치떴어.

운동화 좋아하니?

별로요.

나는 내 운동화를 내려다봤어. 내 친구 것만큼 비싸지는 않지만 괜찮은 운동화였어. 브랜드도 괜찮고, 쿠션감도 쓸 만하고, 막 놀고 걷기에 딱 좋은 그런 거. 선생님은 펜을 책상에 톡톡 두드리더니 나에게 다시 물었어.

2교시 쉬는 시간에 뭐 했어?

2교시가 뭐였지? 한문이었나? 배가 고파서 매점에 다녀왔다고 말했어. 매점 주인도 나를 봤을 거고, 돌아오다 친구들도 만났다고. 선생님의 표정은 풀어졌지만 내 표정은 굳고 있었어. 나는 변명을 하고 있었던 거야. 알리바이를 대고 있었던 거지. 내가 왜? 나는 이제 아무것도 훔치지 않는데. 내가 왜? 왜 여기서 이런 질문을 받아야 하지?

매점이라.

나는 나도 모르게 목소리를 높였어. 거기 봐요, 내 친구들 것도 털렸잖아요! 내가 미쳤어요? 내 친구들 걸 훔치게?

그건 그렇구나.

선생님은 펜을 내려놓고 조용히 나를 보았어. 어쩔 수 없는 의심과 안도, 계속 돌아가는 생각이 드러나는 눈빛. 나에게 굳이 감출 이유도 없다는 듯이. 나는 입술을 꽉 깨물었어. 그래, 나는 이미 찍혀 있었던 거야. 여기 불려 온 애들도 이미 나처럼 찍혀 있었던 거고.

집에서 부모님이랑은 잘 지내니?

용돈이 모자라지는 않고?

왜 내가 그런 질문을 그 자리에서 받고 있어야 하는 건데. 화가 났어. 간신히 두 주먹으로 덜덜 떨리는 무릎을 누르고, 도둑맞은 물건들이 적힌 종이를 봤어. 휴대폰, 만년필, 지갑, 운동화. 참 다양하게도 털어 갔더라. 저런 걸 털어서 대체 어디다 써? 부피도 엄청 클 텐데. 차라리 나라면 저런 것보다는……. 거기까지 생각하다가 소리를 지를 뻔했어. 이제 안 한다고 했잖아. 그러면서 나라면 뭐? 나라면 뭘?

뭘 훔치고 싶었을 거라고 생각하는 거야?

선생님은 나보고 나가라고 했어. 나 다음으로는 나보고 찍혔다고 한 그 애가 들어갔지. 걔는 들어가면서도 싱글싱글 웃었어. 선생님께 태연하게 인사를 건넸어. 쌤, 오랜만~ 그런데 왜 불렀어요? 당당해서일까, 뻔뻔해서일까? 걸음이 떨어지지 않는데 다리를 억지로 끌고 교실까지 가느라 운동장을 100바퀴는 돈 것처럼 어지러웠어.

그날 밤 부모님이 나를 불렀어. 식탁에 둘러앉아 어색한 회의를 했지.

용돈은 충분히 줬잖아. 너 또 상담실에 불려 갔다며.

아빠가 질책했고 엄마는 말렸어. 애가 훔친 것도 아닌데 왜 애를 혼내요? 아빠는 더 화를 냈어. 의심받을 짓을 하니까 의심받는 것 아니냐고. 나는 식탁 유리에 간 실금만 세고 있었어. 서른일곱, 서른여덟, 서른아홉. 아빠는 용돈을 올려 줄 테니 처신 좀 제대로 하고 다니라며 일어섰어. 천년같이 느껴지던 시간이었는데 겨우 5분도 지나지 않았더라. 나는 입을 다물고 방으로 돌아갔지. 두 번째 테이프도 곧 떨어질 것처럼 들떠 있었어. 침대 위에 서서 그 자리를 꾹꾹 눌렀어. 새 테이프를 덧댄 만큼은 아니지만 들떠 있던 자리가 손톱자국만큼 다시 들러붙었지.

범인은 잡히지 않았어. 4반에 좀 놀던 애들이 유력한데, 걔네들도 증거가 없으니 발뺌만 하고 있다는 소문만 들었지. 그렇다고 해서 내 얼룩이 완전히 사라진 건 아니었어. 자칫 잘못하면 다시 고개를 들겠지. 그래서 나는 예전보다 더 조심스럽게 행동했어. 그리고 진심으로 세계의 평화를 빌었지. 까딱 무슨 일이라도 나면 나는 또 불려 갈 테니까. 나는 찍혔다니까.

저기, 나 사탕 안 먹는다고 몇 번 말해야 알아들어? 게다가 이거 계피 맛이잖아. 넌 사탕 훔치다 죽었냐? 그것도 이런 계피 맛 훔치다가? 와, 진짜 이상한 애네. 그리고 이게 바통이냐? 뛰는 와중에 뭘 자꾸 내밀어?

아니라고? 그냥 내가 좋아서 주는 거야? 야, 그냥 니가 먹기 싫어서 나한테 떠넘긴다고 말해. 속 터지니까. 안 그래도 심란한데, 말 상대 좀 해 줬더니 이게 아주 사람을 호구로 보고.

됐다. 하던 얘기나 계속하자.

뭐, 그 이후로 도난 사건이 터지지는 않았어. 나는 이제 축구부에 들어갈까 생각할 정도로 애들하고 축구하는 게 좋아졌어. 내가 좀 빠르댔잖아. 여자애한테 한 번 진 건 슬럼프였나 싶을 정도로 다리가 막 날더라니까. 일직선으로 뛰는 거랑 공 몰고 지그재그로 뛰는 게 똑같지는 않은데 내 지구력이 또 죽여주거든. 운동화가 다 낡아 떨어질 정도로 뛰다가 새 축구화를 샀어. 좀 괜찮은 거. 엄마는 운동 말고 공부를 하라고 핀잔을 줬지만 내가 다시 멀쩡해진 게 싫지는 않은지 백화점에 가서 축구화를 사 줬어. 이것만 있으면 괜찮겠다 싶어서 토요일에 반 대항 시합이 있을 때 그걸 챙겨 갔어. 시합 직전에 축구화로 갈아 신는데 2반 애가 그러더라.

야, 저거 너 잃어버린 거랑 똑같지 않아?

그 옆에 서 있던 애, 그러니까 운동화 털린 내 친구가 헛소리한 애한테 짜증을 내며 대답했어. 저 브랜드 아니거든? 넌 까만색이면 다 똑같이 보이냐. 그리고 쟤 내 친구니까 개소리 말고 입 다물어라. 아, 돌이켜 보면 나도 참 한심하다. 그렇게 날 믿어 주는 놈도 있는데 축구화도 신다 말고 대뜸 달려가서 헛소리한 애 멱살을 잡아챘으니.

그때 달린 속도는, 어, 전국체전 단거리 2차 예선 정도? 이야. 진작에 그런 마음가짐으로 뛸걸. 내 앞에 뛰는 쟤 뒷목을 반드시 잡아채서 바닥에 던져 버리겠다 하는 마음가짐 말야. 그러면, 어쩌면, 나 진짜 전국체전 나갈 수 있었을지도 모르는데.

폭력 사건이었지. 게다가 나는 이제 생일도 지나서 만 열네 살. 처벌을 받을 수 있는 나이더라고. 사실 맞기는 내가 더 많이 맞았어. 멱살은 잡아챘는데 내가 사람을 때려 본 적이 없어서 어딜 어떻게 때려야 하는지 알 수가 있나. 어리바리하다가 걔가 날 떠밀었고 난 걜 걷어차고, 엎치락뒤치락하다가 학생부 불려 가고, 너 이러다가 진짜 상습범 된다면서 훈계를 잔뜩 들었지. 훈계가 끝나고 운동장에 나와서 축구화를 챙겼어. 아무도 안 가져

갔더라.

상습범. 상습범이라.

폭력 사건이라.

어디서부터 잘못된 걸까? 역시 사탕 훔칠 때부터? 그때로 시간을 돌릴 수 있는 방법은 없겠지? 있으면 내가 너랑 이런 잡담이나 나누고 있진 않겠지. 그것도 말 한마디 못 하는 반벙어리 같은 새끼랑. 손에는 계피 맛 사탕이나 들고 있고. 야, 근데 말 계속 하니까 나 목 마르다. 이거 하나 먹는다?

아 씨, 다 녹았잖아. 너 이거 얼마나 오래 손에 들고 있었냐? 어쩐지 포장지가 끈적거리더라. 드러운 놈. 야, 웃지 마. 재수 털려.

뭐, 그때도 보호처분. 다행히도 부모님한테 전화는 안 했나 보더라. 얼굴 좀 까지고 팔다리 멍은 들었지만 원래 남자애들 놀다 보면 그 정도는 일도 아니잖아. 얼굴에 상처 한번 안 나 본 애들이 이상한 거지. 걔네는 축구공 차라고 해도 발바닥으로 차려고 할걸. 나 진짜 봤다? 체육 시간 수행평가 때. 완전 웃겼어. 뒤로 안 자빠진 게 다행이지. 세상에 어느 정신 나간 놈이 발바닥으로 공을 차려고 들어. 아, 실수라고는 하더라. 긴장해서 발이 헛나간 거라고. 그래도 일주일쯤 발바닥의 사나이라고 놀렸다. 재미있었네. 돌이켜 보니까.

내 경우도 그렇게 일주일짜리 놀림으로 끝났으면 좋았을 텐데. 그럴 수 없다는 거 알지. 실수가 아니라 고의였잖아. 하지만 야,

발바닥! 매점 안 가? 그렇게 불러도 주변에서 싸늘한 눈으로 째려보진 않잖아. 야, 나 왕따 아니었어. 친구 있었어. 몇 명은 떨어져 나갔지만 그래도 친구는 있었다고.

있잖아, 근데 사람이 정작 뛰어야 할 때는 다리가 안 떨어지는 거 알아? 우사인 볼트도 곰 앞에서는 다리가 안 떨어질걸? 아닌가? 그 아저씨 동네에서 곰은 흔하니까 그냥 뛰려나? 우사인 볼트가 곰보다 빠른가? 아, 몰라. 머리 아프려고 해.

그러니까, 그 편의점 아저씨가 날 쫓아오지 않았으면 난 뛰지 않았을 텐데. 그러면 저기 멈춰 있는 트럭 앞에서 발이 굳는 일도 없었을 텐데. 초록불에 횡단보도를 건넜을 테니까. 그러면 저 트럭을 코앞에서 마주칠 일 따위는 처음부터 없었을 텐데. 너 이 동네에서 유명하다며? 편의점 아저씨가 그딴 소리를 하니까, 괜히 짜증이 나서, 주머니 다 털어 보이고 됐죠! 하고 소리 빽 지르고 나오다가, 나도 모르게 눈물이 찔끔 나와서. 그거 들키면 완전 추하겠다 싶어서 뛰었던 건데. 이왕 뛰기 시작한 거, 뛰니까 발이 너무 가벼워서, 이대로라면 신기록도 갱신할 수 있을 것 같아서, 사람 없는 횡단보도 빨간불쯤이야, 하고 그냥 달렸던 건데.

이렇게 되어 버렸네.

마음을 먹으니까 차 안이 훤히 보여. 내가 누워 있네.

야, 저기 봐 봐. 나 다리 반대로 꺾였다. 완전 부러진 것 같은데? 살았어도 영영 축구고 달리기고 못 해 먹을 다리네. 그러면

슬프지. 엄청 슬퍼. 슬프다고.

너, 내 어깨를 두드리네. 너는 죽은 거야? 내가 무작정 저 차를 따라 뛰어가고 있을 때, 너는 곁에 와서 뛰기 시작했지. 그리고 입을 열지 않고도 나에게 네 말을 했어. 저 차 안에 누워 있는 사람은 나밖에 없잖아.

너는 어쩌다 죽었냐? 진짜 사탕 훔치다 죽은 거야?

그냥 뛰지 말까? 숨이 차지도 않는데, 예전 이야기를 하다 보니까 점점 발이 느려지는 것 같아. 지금이라도 그만둘까. 여기서 기다리면 저승사자든 뭐든 오겠지. 저승에도 소년원 같은 게 있으려나? 나 〈신과 함께〉 되게 좋아하거든. 거기 보니까 막, 어려서 죽은 애들은 따로 봐주고 그러던데. 근데 난 이미 찍혀서 거기서도 안 되면…… 어쩌지?

아, 나는 아직 안 죽었다고? 저 차를 있는 힘껏 따라가면 살 수 있다고?

그리고 내가 아직 죽고 싶지 않은 거라고? 정말로 죽고 싶었다면 저 차를 따라갈 생각도 하지 않았을 거라고? 하하. 그래도 저 차를 따라가서 내가 뭐하나 하는 생각이 들어. 다리는 저렇게 반대로 꺾여 버렸는데. 철심을 박고 재활 훈련을 아무리 해도 다시는 달릴 수 없을 텐데. 그러면 뭘 하지?

자꾸 전국체전 포스터가 생각나. 거기 모델로 나왔던 중학생 형, 고등학교 3학년 때 달리기 그만뒀대. 그 뒤론 뭘 했을까? 달리기를 그만뒀다는 이야기만 보고 컴퓨터를 꺼 버렸거든. 그런데 너는 자꾸 내게 사탕을 내밀며, 꼭 이걸 먹으면 더 힘내서 달릴 수 있다는 것처럼 나를 떠미는 것 같아. 그걸 아무렇지 않게 입에 넣는 난 뭘까. 다리가 아프지도 않고 숨이 차지도 않은 걸 보면 나는 이미 육체를 가진 몸이 아닌데, 왜 네가 준 계피 맛 사탕이 쌉쌀하고 달콤하게 느껴지는 거지?

저기 신호등이 보여. 곧 차가 신호에 걸릴 것 같네. 야, 야, 너 어디 가? 왜 자꾸 뒤로 처지는데? 난 지금 뒤를 돌아보면 안 된단 말야. 사탕만 넘겨주고 이렇게 가는 게 어디 있어?

이제 내가 선택해야 하는 거야?

이 책을 읽고자 하는 청소년 여러분에게 … 중독의 농도

'중독'이라는 말을 들으면 여러분들은 어떤 단어가 떠오르나요? 가장 먼저 휴대폰 중독, 인터넷 게임 중독, SNS 중독과 같은 단어가 떠오를 것입니다. 청소년의 휴대폰이나 인터넷 중독 문제가 여러분의 일상과 가까울 뿐만 아니라 사회적 이슈가 되는 걸 자주 보았기 때문일 겁니다. 이 책을 읽는 독자들 중에서도 이러한 문제로 부모님과 갈등을 겪어 본 분들도 여럿 있을 거고요.

도대체 중독이란 무엇이며, 왜 사람은 무엇인가에 중독이 되는 걸까요? 그것은 우리 삶에 어떤 영향을 끼치는 걸까요?

중독을 뜻하는 영어 'addiction'은 라틴어 'addicene', 즉 '포기하거나 굴복하는 것' 또는 '감금된 노예나 포로'에서 비롯되었다고 합니다. 휴대폰이나 컴퓨터 사용을 자신의 의지대로 조절하지 못하는 경우가 잦거나, 그것이 없으면 불안해진다거나, 그것 때문에 자기 삶이 제한당하고 있다면 정도의 차이만 있을 뿐 이미 중독 증상을 보이고 있다고 볼 수 있겠지요.

일, 쇼핑, 도박처럼 특정한 행동에 중독되는 것을 '행위 중독'이라고 합니다. 알코올, 니코틴, 마약과 같은 물질에 중독되는 것을 '물질 중독'이라 하고요. 중독의 양상은 우리가 생각하는 것보다 더 다양합니다. 인간은 그 물질과 행위가 무엇이든 그것이 순간의 즐거움이나 현실로부터의 도피처를 제공한다면 어떤 것에든 중독될 수 있습니다. 설탕이나 커피와 같은 음식에도 중독되고, 심지어는 즐거움이라고는 조금도 줄 수 없을 것 같은 공부에도 중독될 수 있으며, 사람 사이에 발생하는 관계에도 중독될 수 있습니다. 중독에 대한 자각이 있는 경우도 있고 자신이 중독되어 있는지도 모른 채 중독되어 있는 경우도 많습니다.

여기서 심리학자 브루스 알렉산더의 유명한 실험을 떠올려 보겠습니다. 우리에 쥐 한 마리를 넣고, 그냥 물이 담긴 물병과 헤로인이 담긴 물병을 넣습니다. 쥐들은 거의 대부분 헤로인이 든 물을 선택합니다. 그리고 망가져 가지요. 알렉산더 교수는 이런 조건을 살피다가 쥐에게는 다른 선택권이 없었다는 사실을 깨닫습니다. 그래서 그는 쥐들이 갇힌 우리 안에 놀이 공간을 만들고, 충분한 치즈, 친구들도 넣어 주었습니다. 그리고 똑같이 두 개의 물병을 주었지요. 그랬더니 쥐들은 더 이상 헤로인이 든 물을 마시지 않았습니다. 무기력하고 고립된 환경 속에서는 마약에 의존하지만 쥐들이 서로 교류하며 헤로인 외에 다른 것에서 즐거움을 느낄 수 있게 되자 마약에 중독되는 경우가 적었던 거지요.

물론 인간과 쥐를 단순히 비교할 수는 없습니다. 하지만 이 실험은 중독을 사회적 일탈 행위나 범죄행위처럼 여겼던 사람들에게 큰 충격을 주었습니다.

실제로 수십 년 전 있었던 베트남전쟁 때, 미군의 20퍼센트는 마약을 복용하고 있었다고 합니다. 전쟁이 끝난 다음 막대한 인원이 마약중독자가 되어 미국으로 되돌아왔고, 그들이 사회적 해악을 끼치지 않을까 걱정을 했다고 하지요. 하지만 막상 그들 중 95퍼센트는 자발적으로 마약을 끊었다고 합니다. 왜 그들은 전쟁터에서는 마약에 중독되고 가정과 친구들이 있는 고국에 와서는 마약을 끊을 수 있었던 걸까요?

사람은 모두 누군가와 연결되어, 따뜻한 보살핌과 관심을 받거나 주고 싶어 합니다. 하지만 이것이 현실 세계에서 뜻대로 이루어지지 않을 때, 그에 대한 보상 심리로 무언가에 쉽게 중독되어 버립니다. 현실의 고통이 크거나 고립되어 있다는 느낌이 강할수록 더 자극적인 것에 탐닉하게 되고요. 그래서 많은 학자나 상담가들은 다른 사람들과의 연결과 교류를 통해 중독 문제를 해결할 수 있다고 말합니다.

맞는 이야기입니다. 중독은 격리나 처벌과 같은 방식으로 해결될 수 있는 문제가 아니라 사람 사이의 관계나 애착, 사회적 환경의 문제로 보아야 할 것입니다. 우리 주변에 무언가에 중독되어 스스로를 창살 없는 감옥에 가두고 있는 친구나 가족이 있다면, 혹은 나 자신이 그러한 상태에 빠져 있다면 이들을 보는 시선이나 자기 자신을 혐오하는 마음 자체를 바꾸어야 합니다. 중독된 이들은 다만 진정한 관계를 맺고 싶어 하는 사람들이라고요.

사람들은 누구나 어디 한 군데가 비어 있거나 구멍 난 상태로 살아갑니다. 그 빈 곳을 채우거나, 그 구멍을 메우는 과정이 바로 삶이지요. 저마다 가족, 목표, 꿈, 이상, 사랑 등의 이름으로 구멍을 메우며 살아갑니다.

그러나 그 구멍을 메웠던 것들이 순식간에 부서져 버리기도 하고, 이제 모든 것이 완벽하게 되었다고 생각한 순간 또 다른 자리에 구멍이 생기기도 하지요. 이 빈 자리나 구멍을 그냥 둘 수는 없습니다. 사람은 텅 빈 곳에 깃드는 '공허'를 견디지 못할 뿐만 아니라, 그 구멍 난 곳으로 나를 채우고 있던 무언가가 새어 나가기 때문입니다. 그 새어 나가고 있는 것이 바로 '나를 나로 살게 하는' 정체성입니다. 평생 자신의 구멍을 메우고 끝내 채워지지 않는 빈 자리를 채워 가며 살아갈 수밖에 없는 것, 완벽한 폐곡선이 될 수 없지만 폐곡선이 되기 위해 평생을 분투하며 살아갈 수밖에 없는 것이 바로 인간의 근본적인 존재 조건입니다. 그래서 인간의 삶이 아름다울 수 있는 것이고요.

평생 봉합되지 않는 구멍을 메우며 살아가는 것이 인간 삶의 근본 조건이라면 중독이라는 것도 피할 수 없는 것일까요?

우리는 저마다 조금씩은 무언가에 중독되어 있다고 볼 수 있습니다. 특히 청소년기는 양상과 정도에 차이가 있을 뿐 무엇인가에 쉽게 중독될 수 있습니다. 중독은 문제 있는 사람에게만 발생하는 것이 아니라 누구나 어떤 면에서는 쉽게 벗어날 수 없는 운명과 같은 것이라고도 할 수 있으니까요. 중독은 정도가 심해지면 한 개인이나 가족의 삶을 파괴할 정도로 치명적 질병이 됩니다. 하지만 그 정도가 가볍거나 나 자신이나 타인에게 큰 해를 끼치지 않는다면 한 사람에게 '살아 있다는 느낌'을 주며 살게 할 수 있는 원동력이 되어 줄 수도 있습니다.

우리에게 가장 중요한 것은 거리 유지와 균형 감각, 나의 경계를 명확히 하는 것이라고 생각합니다. 그 대상과 행동이 무엇이든 인간은 쉽게 중독에 빠질 수 있다는 것을 냉정하게 인식하고, 자신을 즐겁게 하는 대상이나 행동과 나 자신 사이에 적절한 거리를 유지하고 균형을 유지할 수 있어야 합니다. 그리고 내 것과 내 것이 아닌 것 사이의 경계를 명확히 한다면 중독은 피할 수 없는 인간의 슬픈 숙명이 아니라 통제하고 조절하며 자신을 성장시킬 수 있는 에너지원이 될 수 있을 것입니다. 물론 쉬운 일은 아닐 것입니다. 하지만 잊지 마십시오. 인간은 쉬운 일을 하기 위해 태어난 존재가 아니라, 끊임없이 무언가와 맞서 부딪치고 극복하라고 태어난 존재라는 사실 말입니다.

여기 일곱 명의 작가들이 모여 '중독'을 주제로 한 권의 소설집을 엮었습니다. 2014년 스물한 명의 작가들이 모여 『관계의 온도』 『내일의 무게』 『콤플렉스의 밀도』라는 이름으로 테마 소설

집을 엮어 보내 드린 적이 있습니다. 이 책을 읽는 독자들 중에는 앞서 세 권의 책을 만나 본 분들도 계실 겁니다.

『중독의 농도』는 앞서 출간된 테마 소설집들과 같이 청소년 여러분들에게 무언가를 요구하거나 교훈을 전해 주려 하지 않습니다. 다만 여러분이 고민하고 있거나 앞으로 마주하게 될 문제들이 우리 삶에서 어떤 모습으로 드러나는지 세심히 짚고, 과연 그것은 무엇을 의미하는지 진지하게 묻고 있습니다.

『중독의 농도』에 실린 작품을 여러분의 삶, 여러분이 겪지 않은 삶에 대한 이야기라 생각하고 즐겁게 읽어 주면 좋겠습니다.

혹시 유난히 마음이 끌리는 작품이 있다면 이런 질문을 한 번쯤 해 보아도 좋겠습니다. 이들이 겪고 있는 중독의 실체는 무엇이며, 이 현상은 이들의 삶을 어떻게 얽매고 있는지를, 그리고 이들은 이것을 어떻게 극복하고 있으며 또 나는 이와 비슷한 경험을 해 본 적은 없는지를 말이지요.

_일곱 명의 작가를 대신하여 엮은이 유영진 드림